A.N.J.O.S.

O sexto A.N.J.O.

Adeilson Salles
Ilustrações: Rui Joazeiro

A.N.J.O.S.

O sexto A.N.J.O.

intelitera Jovem

Editores: *Luiz Saegusa e Claudia Z. Saegusa*

Ilustrações e Capa: *Rui Joazeiro (Traço & Compasso Estúdio)*

Diagramação: *Carlos Eduardo P. de Sousa (Traço & Compasso Estúdio)*

Revisão: *Rosemarie Giudilli*

1ª Edição: *2015*

Impresso no Brasil | *Printed in Brazil*

intelítera
Jovem

Rua Lucrécia Maciel, 39 – Vila Guarani
CEP 04314-130 – São Paulo – SP
11 2369-5377

www.inteliterajovem.com.br
facebook.com/inteliterajovem - inteliterajovem.blogspot.com.br

Dados Internacionais de Catalogação na Publicação (CIP)
(Câmara Brasileira do Livro, SP, Brasil)

Salles, Adeilson Silva
O sexto a.n.j.o.s. / Adeilson Silva Salles ;
ilustrações Rui Joazeiro. -- 1. ed. -- São Paulo :
Intelítera Editora, 2015.

1. Espiritismo 2. Literatura infantojuvenil
I. Joazeiro, Rui. II. Título.

15-05786 CDD-028.5

Índices para catálogo sistemático:

1. Espiritismo : Literatura infantil 028.5
2. Espiritismo : Literatura infantojuvenil 028.5

ISBN 978-85-63808-51-6

SUMÁRIO

MENTES PERIGOSAS

Jéssica chega à escola junto com Nina. As duas se surpreendem ao ver vários grupinhos espalhados pela quadra de esportes olhando algo no celular.

– Ué... O que será que tá rolando agora? – Nina pergunta com curiosidade.

– Deve ser alguma grande novidade, porque eu nunca vi a galera agitada desse jeito em torno dos telefones! – Jéssica comenta enquanto dá de ombros.

– E aí meninas? – Sócrates chega e dá um breve beijo nos lábios de Jéssica e um beijo no rosto de Nina.

– O que será que está rolando, Sócrates?

– Não sei, Nina, mas deve ser algo bem interessante para juntar tanta gente curiosa.

– Pessoal... Pessoal... – Otelo chega correndo quase sem ar.

– Calma, Otelo, vá devagar... Está tudo bem?

– Sócrates, se prepara, tem duas notícias, uma boa e outra péssima... – e respirando com dificuldades Otelo indaga:

– Qual você quer primeiro?

Um silêncio sepulcral se instala entre eles por alguns segundos.

Sócrates coloca a mão no ombro do amigo e fala:

– Diga a péssima, primeiro...

–Vocês estão vendo essa muvuca da galera com os telefones celulares?

– Estamos! – respondem os três em uma única voz.

– Pois é, o pivô dessa confusão é o nosso amigo Alemão...

– Fala logo, Otelo, o que houve? – Nina pergunta bem nervosa.

– O boato é que o Alemão ficou com a Mary do 2º ano e postou fotos dela na rede social...

– Nua? – Jéssica pergunta.

– Quase isso... – Otelo responde.

– Como, quase isso? Não existe quase nu! Ou se está ou não, sem roupa! – Nina fala inconformada.

– Explica isso melhor, Otelo! – pede Sócrates.

– Isso, Otelo, explica logo, você viu as fotos? – Jéssica questiona impaciente.

– Eu meio que vi...

– Pode parar Otelo, ou você viu, ou não viu. Não existe quase nu, muito menos, quase vi. Fala logo. Viu ou não viu?

Desconcertado, Otelo dá um sorrisinho amarelo e comenta de cabeça baixa.

–Vi um pouquinho e ela estava sem a parte de cima da blusa.

– Mas como você sabe que foi o Alemão? – Nina pergunta.

– Estão dizendo que as fotos apareceram na página dele na rede social e também pelo WhatsApp!

Nesse instante Sócrates, Jéssica e Nina pegam seus celulares e vão conferir se chegou alguma imagem para eles.

– Nossa!!! – Jéssica fala.

– É treva!!! – Nina comenta com tristeza.

– Essa pegou mal! – Sócrates diz, balançando a cabeça.

– E agora? – Otelo questiona.

Os três olham para Sócrates esperando que o líder dos A.N.J.O.S. fale alguma coisa.

Ele coça a cabeça por alguns instantes e diz:

– Não vamos julgar sem ouvir o que o Alemão tem a dizer. O moleque é do bem, todos sabemos disso. E tem mais uma coisa...

– O que é, Sócrates? – Jéssica pergunta com carinho na voz.

– O que mais tem nessas redes sociais são mentes perigosas. Tem uma galera do mal que vive só para tramar contra os outros. Ninguém fala nada antes de o Alemão nos dizer o que está rolando com ele! Combinado?

Os três balançam a cabeça positivamente.

E Sócrates continua...

– Isso tudo é muito estranho. Alguém sabia que ele estava saindo com a Mary?

– Eles andavam muito juntos durante o intervalo das aulas, não é, Jéssica?

– Nina, eu vi os dois algumas vezes, mas não notei que estivessem namorando.

– Jéssica, você ainda é do tempo do namoro, como eu também sou, minha amiga, mas muita gente só quer mesmo é dar uma boa "ficada" sem compromisso. – Nina diz com convicção.

– Mesmo que o Alemão esteja namorando a Mary, quem garante que foi ele mesmo que postou essas fotos. Ele não tem esse tipo de comportamento, isso eu posso garantir! – Otelo comenta defendendo o amigo.

O sinal para início da aula toca e todos caminham para o grande corredor do Colégio Monteiro Lobato.

– Ficamos todos atordoados com a notícia do Alemão que até nos esquecemos da boa notícia, não é, Otelo?

– Pode crer, Nina, já ia esquecendo! Querem saber?

Os quatro caminham lado a lado pelo grande corredor e Sócrates pede:

– Qual a boa notícia, Otelo, fala pra gente!

– Vocês não vão acreditar no que tenho para dizer...

– Vai começar de novo, Otelo? Que amarração! – Nina reclama.

– A boa notícia vem do mesmo personagem...

– Do Alemão? – Jéssica questiona.

– Isso mesmo! Amigos, preparem-se, o Alemão vai participar das seletivas do judô para a Olimpíada do Rio de Janeiro.

– Uau! – Sócrates sorri com emoção.

– Que maneiro! – Nina afirma.

– Que máximo! – Jéssica diz, batendo palmas.

– Essa notícia ninguém comenta, mas a outra para detonar nosso amigo se espalhou rapidamente! – Otelo afirma com certa tristeza.

– Vai dar tudo certo! Vamos acionar o código secreto e esperar pela reunião dos A.N.J.O.S. após a aula!

– Mas isso se o Alemão aparecer, não é? – Nina fala desconfiada.

– Ela tem razão, Sócrates, essas fotos da Mary devem gerar grande confusão e isso pode ser caso de polícia. Mas antes de tudo, precisamos ouvir o Alemão.

– É isso mesmo, Jéssica, vamos nos reunir e esperar que ele apareça. – o líder dos A.N.J.O.S. concorda com ela.

Nesse mesmo instante, ele digita no celular o código secreto: 1 – 14 – 10 – 15 – 19 [1].

Nina, Jéssica e Otelo recebem em seus celulares o código secreto, mas, e o Alemão, será que recebeu?

***

– Eu te amo...

– Eu também te amo muito! – ela fala deitada, recostada no peito dele.

---

1. Conheça o código secreto dos A.N.J.O.S. na página 119 deste livro.

Nesse momento, ele ouve o sinal sonoro de mensagem do seu celular.

Estica o braço preguiçosamente e lê a mensagem:

1 – 14 – 10 – 15 – 19.

– É o código secreto. – ele fala em voz alta, sem perceber.

– Código secreto? Que código secreto?

– Eu disse isso?

– Claro que disse, Alemão! Está tudo bem?

–Tudo, Mary!

Agora é o celular dela que toca, ela pega e vê o número:

– É o meu pai! O que faço? Eu nunca passei uma noite fora de casa...

– Diga que já está indo...Vou te levar pra casa!

Ela atende o telefone, e o pai dela grita nervosamente do outro lado da linha.

– ONDE VOCÊ ESTÁ QUE NÃO VEIO PARA CASA?!

– Calma pai, eu já estou indo!

–VENHA LOGO, ANTES QUE EU CHAME A POLÍCIA!

Ela desliga o telefone nervosamente:

– E agora, o que vamos fazer?

–Vamos assumir o que fizemos, com todas as consequências! Eu vou te acompanhar até sua casa e vou falar com seu pai! Agora vamos embora.

***

A aula já está no intervalo e o assunto na escola continua sendo as fotos da Mary nos celulares e redes sociais.

– Esse moleque tem que levar uma surra! – Airton, um dos garotos do fundo da classe diz, provocando.

– É metidinho, esses quietinhos são os piores! Quando ele chegar na escola a gente detona ele! – Sandoval, outro aluno, fala revoltado.

Sócrates e seus amigos ouvem tudo aquilo sem poder dizer nada.

– Calma, amigos, vamos esperar pelo Alemão! – Otelo pede a todos.

***

No ônibus...

– Ficamos tão esquecidos do mundo que nem vi meus recados e nem visitei minha página na rede social. – Mary comenta sorrindo.

– Eu também não.

Mary pega o celular e verifica as mensagens no WhatsApp.

– Olha isso, Alemão!

Ela vê algumas fotos dela seminua, com os seios à mostra.

– Mas o que é isso? Quem postou essas fotos?

– Deve ter sido algum moleque!

Dentre as muitas mensagens, ela lê uma que chama sua atenção:

Foi o Alemão que postou as fotos nas redes sociais.

– Cadê seu celular, Alemão?

– Está aqui... – ele entrega o celular para ela.

Ela navega no smartphone e entra na galeria de fotos.

E lá estão as mesmas fotos.

– Foi você que fez isso comigo?

– Claro que não. Por que eu faria isso com a garota que amo? Como essas fotos foram parar no meu celular? Eu não andaria com fotos suas num celular, isso é perigoso!

Ela sabe que aquelas fotos foram feitas por sua irmã quando ela experimentava roupas novas.

– Não sei o que dizer. Essas fotos foram feitas por minha irmã enquanto eu provava roupas novas.

– Alguém pegou suas fotos e publicou como se fosse eu.

– Mas quem faria isso?

– Só uma mente muito perigosa seria capaz de um plano como esse.

Legião

UMA SURPRESA DESAGRADÁVEL

Eles chegam de mãos dadas em frente à casa de Mary e o pai dela sai para recebê-los. Ele não diz nada, aproxima-se do casal e dá um empurrão em Alemão que cai ferindo o rosto.

– Nunca mais se aproxime da minha filha, seu marginal!

Mary tenta argumentar, mas o pai não quer saber, não lhe dá ouvidos e a manda entrar.

– O senhor está enganado, Sr. Lino, não sou marginal...

– Fora daqui!

Alemão entende a situação e prefere ir embora para não agravar aquele momento.

Da porta, Mary o vê partir e chora desconsolada.

***

Sócrates e os amigos estão saindo da escola quando veem Alemão se aproximar.

– Vamos embora daqui. – Otelo adverte. – A situação não está legal para o seu lado!

Rapidamente eles se afastam, antes que alguém perceba a presença dele.

–Vamos para minha casa! – sugere Alemão.

Em poucos minutos, a equipe está completa e todos se reúnem na casa dele.

– O que houve, Alemão, quer nos contar? – Sócrates pede em tom respeitoso.

Alemão olha para todos os amigos e fala com melancolia:

– Acho que me envolvi em uma grande confusão... – ele faz uma pausa e prossegue. – Passei a noite com a Mary. Venho me aproximando dela desde o último bimestre. Há dois meses eu fui à biblioteca procurar um livro de História para uma pesquisa. Chegando lá, soube que o livro estava emprestado, mas justamente na hora que eu ia saindo da biblioteca, a Mary vinha entrando com ele na mão para devolver. Achamos estranho a coincidência, rimos e trocamos algumas palavras sobre a escola e coisas em comum. Logo depois, trocamos telefone. O que começou como coincidência tornou-se uma mania e passamos a nos falar a todo instante. Nunca senti nada igual por nenhuma garota, fiquei perdidão por ela. Ontem à noite nos encontramos e decidimos ficar juntos para conversar. O papo foi ficando cada vez melhor e não vimos o tempo passar, depois de tudo, adormecemos.

Alemão ficou em silêncio.

–Você sabe que sua atitude não foi legal, não é? – Sócrates pergunta com carinho na voz.

– Só agora minha ficha está caindo, do tamanho da besteira que fizemos.

– O que foi isso em sua testa? – Nina indaga.

– Foi o pai dela que me empurrou quando chegamos na porta da casa dela.

– E sobre as fotos? – Jéssica comenta. –Você já sabe o que está rolando na escola?

–Vi apenas umas fotos em que ela aparece de sutiã, mas nem sei como isso aconteceu, porque ela me disse que foi a irmã dela que fez as fotos enquanto experimentava roupas novas.

– Então, você não tem nada a ver com isso?

– Não, Otelo, eu não tenho nada a ver com isso!

– Alguém armou para vocês dois, não é verdade? – Jéssica fala com preocupação.

– Foi isso mesmo! Ainda não consegui entender o que está acontecendo. Não sei o que fazer, porque gosto demais dela. Preciso encontrar um caminho para resolver essa situação.

– Alemão, é melhor você dar um tempo até que encontremos alguma pista. – Sócrates aconselha o amigo. – Hoje é quarta-feira, falte na escola amanhã e depois de amanhã, assim já emenda com o final de semana e os dias passam. Desse jeito, teremos tempo para investigar e descobrir quem está por trás dessa armadilha. O que me diz?

Ele coloca a cabeça entre as mãos e fala com a voz a soluçar:

–Tudo... bem... eu concordo...

Nina se aproxima e acaricia a cabeça do amigo.

– E a seletiva, Alemão? Vai mandar bem, não é mesmo? – Jéssica fala sorrindo.

Nesse momento, ele ergue a cabeça e consegue esboçar um sorriso.

–Você precisa se preparar para a seletiva com muita dedicação...

–Tem razão, Sócrates, farei isso! O sonho de todo atleta é participar de uma Olimpíada. Vai ser a maior alegria da minha vida! Farei de tudo para participar!

– Não se esqueça de que a próxima Olimpíada será no Brasil. Depois dessa, só Deus sabe quando teremos nova oportunidade. – Otelo fala sorrindo.

– Sabe se a Mary namorou algum garoto recentemente?

– Não sei, Sócrates, mas está aí uma boa pergunta para fazer a ela!

– E o pai dela, o que pretende fazer?

– Não tenho cabeça para pensar nisso agora, Nina. Vou aceitar a sugestão do Sócrates e faltar na escola nesses próximos dois dias. Depois vem o final de semana e terei mais tempo para pensar.

– E nós, o que faremos, Sócrates?

– Otelo, nós vamos investigar a situação. A Nina vai se aproximar da Mary. Tentar entrar em contato, se tiver oportunidade levar algum recado do Alemão. Ela também deve estar aflita por notícias dele. Eu e Jéssica vamos sondar a situação familiar da Mary e ao mesmo tempo vamos checar o celular do Alemão. Precisamos descobrir se ele foi clonado, ou se em algum momento de distração dele alguém pegou o telefone e o utilizou para mandar as fotos.

– E eu, Sócrates, o que faço?

–Você vai ficar de babá do Alemão, Otelo!

– Fala sério!

– Não precisa disso, Sócrates, eu estou bem. Vou aproveitar esses dias para aumentar a carga de treino para a seletiva.

–Tudo bem, você está livre, Otelo!

– Ótimo, Sócrates, ninguém merece ser babá de um lutador de judô que vai disputar uma Olimpíada!

Todos caem na gargalhada e se despedem.

Otelo resolve ficar mais algum tempo com Alemão.

–Vou fazer uma vitamina para mim. Quer uma também?

– Aceito sim, Alemão! Estou com fome.

– Então, vamos até a cozinha que vou preparar algo pra gente comer.

Os dois amigos caminham até a cozinha, e Alemão prepara as frutas para a vitamina.

Começa descascando a maçã e as bananas.

Coloca aveia e outros cereais.

Depois das laranjas espremidas, ele bate tudo em um liquidificador.

Coloca em dois copos grandes.

Antes de beber, ele pega quatro comprimidos e coloca na boca para engolir com a vitamina.

– Que comprimidos são esses, Alemão?

– Nada demais, são complementos alimentares para que eu ganhe peso e possa me manter dentro da minha categoria.

– É necessário tudo isso para disputar uma Olimpíada?

– É sim, cada categoria tem sua pesagem própria, entendeu?

Eles ficam mais algum tempo conversando até que Otelo despede-se do amigo e parte, mas antes de ir, promete voltar mais tarde.

Legião

AS PRIMEIRAS PISTAS

Mary fica no quarto e os olhos inchando a cada minuto, pois não para de chorar. Ela procura manter a porta trancada. Soluça sentidamente, lembrando dos momentos ao lado de Alemão.

Ela se assusta quando ouve algumas batidas na porta. Silencia por instantes tentando ignorar, mas a persistência das batidas faz com que ela se levante da cama e vá atender. Ela escancara a porta e rapidamente se joga na cama novamente.

– Até que enfim...

Com um travesseiro no rosto, ela responde:

– O que você quer aqui?

– Como sua irmã, quero saber como você está, só isso!

– Como é que você queria que eu estivesse, Sandra?

– A barra está pesada para o seu lado...

– Como é que essas fotos foram parar em redes sociais e espalhadas por WhatsApp?

– Não me comprometa, eu não tenho nada a ver com isso, só tirei as fotos a seu pedido, mais nada!

Mary fica em silêncio.

Sandra comenta:

– O papai está uma fera contigo. Está ameaçando até mudar você de escola...

– Eu não vejo outro jeito. Como é que vou continuar na escola onde todo mundo viu fotos dos meus seios? – e desaba a chorar novamente.

Sandra aproxima-se da irmã e coloca a mão sobre o ombro dela:

– Fique calma, tudo isso vai passar!

Os soluços aumentam.

Para surpresa das duas, a porta se abre:

–Tome, filha, você precisa comer alguma coisa...

– Não quero, mamãe!

– Sandra, me deixa sozinha com a sua irmã!

– Por que eu não posso ficar aqui?

– Quero conversar sozinha com ela, posso?

Com raiva, Sandra sai do quarto batendo a porta.

Ela se senta à beira da cama e puxa a cabeça da filha para o seu colo. Com muito carinho, vai coçando a cabeça da menina de maneira a acalmá-la.

– Então... – ela começa. – Não quer me contar o que aconteceu? Somos amigas e saberei entender. Se abrir seu coração, vou poder te ajudar mais facilmente.

Ela espera pacientemente por intermináveis minutos até que Mary começa a contar tudo.

***

No dia seguinte, na escola... Nina e Marina conversam:

– Essa história está muito esquisita...

– Por que, Marina?

– Qual é, Nina, vai me dizer que você não sabe que a Sandra está ficando com o Leo?

– Que Leo?

– Aquele carinha do 3º ano F, um que pratica judô.

– Aquele fortão todo esquisito?

– Esse mesmo, só que a Sandra é muito mais esperta que a Mary, ela se faz de boba e ninguém se liga nela.

Nina vê que Jéssica está chegando na quadra e diz:

–Vou nessa, Marina!

– Antes de ir, olha só essa foto!

– Nossa, isso é jogo sujo, fizeram uma montagem da foto da Mary. Isso não se faz, estão querendo detonar a garota mesmo, né?

– Não fui eu que fiz isso, só recebi pelo WhatsApp...

– Mas só de ficar repassando, já é jogo sujo...

– Eh... Qual é, Nina?

– Se fosse contigo, você gostaria disso?

Marina fecha a cara e sai andando.

Nina caminha em direção à Jéssica e a beija no rosto.

– Alguma nova? E, que cara é essa, Jéssica?

– Essa noite, mal consegui dormir, tive pesadelos novamente.

– Mas isso é normal contigo, é rotina com esse negócio de mediunidade, de falar com os mortos e essas coisas.

–Você sabe que não é bem assim, mas vou ficar bem. E aí, quais as novas?

– A única novidade é que a Marina me contou que a Sandra está ficando com o Leo!

– O Leo, aquele que é rival do Alemão no judô?

– Rival? Sabe que eu não tinha pensado nisso?

Nesse momento, Sócrates chega e beija as duas amigas. Elas explicam para ele a novidade.

– Precisamos pensar nisso com muito cuidado, porque não dá para sair acusando ninguém sem provas.

– Olha quem vem vindo! – Nina faz um sinal com o nariz apontando a direção.

De mãos dadas, Leo e Sandra se unem a mais três alunos na quadra da escola.

– Vamos ficar na nossa e fingir que nada está acontecendo. – Sócrates pede às duas.

Nina, que não deixa escapar nada, comenta:

– Todos estão rindo e olhando para o celular do Leo.

Eles silenciam, por breves instantes.

– Está juntando gente ao redor deles. Parece que está acontecendo algo. – Jéssica adverte.

O sinal do início da aula toca.

– Vamos para a classe, pessoal! Lá nós vamos descobrir o que está rolando! – Jéssica fala preocupada.

– E aí, pessoal! Já sabem da novidade?

– O que foi, Larry? – Sócrates indaga.

– O Alemão não é fácil, está rolando a foto de outra garota, dessa vez ela está nua.

Os três amigos se entreolham.

– E aí pessoal! – Otelo chega nesse instante.

– Tem certeza do que você está falando, Larry?

– Claro que eu tenho, Jéssica! O celular que enviou as fotos tem o mesmo número do Alemão!

– Xiiiii... agora travou tudo! – Otelo diz coçando o queixo.

– Não sei o que dizer, nem o que pensar! – Nina lamenta entristecida.

– Estão armando legal para o Alemão!

– Vou nessa, Sócrates...

– Obrigada, Larry! – Jéssica agradece.

– Tem alguém querendo detonar o nosso amigo, mas nós vamos descobrir quem planejou tudo isso!

– É claro que vamos, Otelo! – Nina fala demonstrando raiva na voz.

A SITUAÇÃO SE AGRAVA

Após a aula, os A.N.J.O.S. se reúnem novamente:

– E agora, o que vou fazer?

– Calma, Alemão, vamos resolver isso, mas temos de ir com calma.

– Eu sei, Sócrates, mas é difícil se controlar enquanto estão armando comigo desse jeito.

– A Sandra está ficando com o Leo, você sabia disso, Alemão? – Jéssica pergunta.

– A Mary comentou comigo qualquer coisa, mas o que tem isso, Jéssica?

– Se ele é seu rival, será que não se aproveitou em algum momento para pegar as fotos que a Sandra tirou?

– Nada a ver! O Leo é meu brother, pode apostar!

– Será mesmo? Mas temos uma notícia péssima para te dar...

– Outra, Sócrates? – ele diz isso sentando-se na cadeira.

– Pois é, irmão! Está rolando na escola a foto de uma garota nua enviada pelo seu celular.

– Sério?

– É verdade, Alemão! – Nina comenta entristecida.

– A melhor coisa a fazer é bloquear seu celular, Alemão!

– O Otelo tem razão, pessoal! – Sócrates concorda animado.

– Por que não pensamos nisso antes? – Jéssica pergunta.

– Vamos fazer isso agora, antes que divulguem novas fotos. – Nina diz com convicção.

Alemão pega o celular e liga para a operadora pedindo o bloqueio do número.

– Mas e agora? – ele fala desligando o telefone. – Como vou fazer para voltar à escola? E a Mary? Ela foi exposta. O pai dela vai me matar por causa disso.

– Calma, Alemão, uma coisa de cada vez. Estamos com você e iremos te ajudar, você é um A.N.J.O.S., ainda temos mais alguns dias para desmascarar quem fez isso.

– Eu sei, Sócrates, conto com vocês, mas quem é que vai acreditar em mim? E outra coisa, se esse escândalo ficar sem solução eu vou "dançar" na seletiva para as Olimpíadas!

– Tudo vai dar certo, Alemão, confie em nós! – Jéssica pede com confiança.

Nesse momento, a mãe de Alemão entra na sala.

– Olá, dona Rita! Como vai?

– Estou bem, Jéssica, e vocês garotos, como estão?

– Estamos bem, dona Rita! – Sócrates responde por todos.

– Que bom! Vou preparar um suco para vocês...

– Obrigado, mãe, assim que nossa reunião acabar eu aviso a senhora!

Ela olha para os cinco jovens ali presentes e diz sorrindo:

– Cuidado, meninos, não vão se meter em nova confusão outra vez!

– Pode deixar, dona Rita, eu tomo conta deles. – Nina afirma com alegria.

Dona Rita sai da sala, e eles retomam a conversa.

– Acho que deveríamos ficar de olho no Leo, mesmo que o Alemão não concorde. – Otelo afirma.

– O Otelo tem razão, Alemão, por mais que o Leo seja do bem, a única suspeita recai sobre ele. As fotos da Mary saíram da casa dela de alguma maneira. E outra coisa, ele tem todo interesse em te prejudicar, por ser seu concorrente direto a uma vaga na Olimpíada.

– Eu já competi com ele pelo campeonato estadual e pelo brasileiro, Sócrates.

– E qual foi o resultado? – Nina questiona.

– Eu ganhei dele no estadual e perdi no brasileiro.

– Então, existe um empate técnico... – Otelo comenta sorrindo.

– Sai dessa, Otelo, eu nunca me desentendi com o Leo. A gente sempre se deu super bem!

– Mesmo assim a gente vai ficar de olho nele. Otelo, você tem como segui-lo, junto com a Nina?

–Tenho sim, Sócrates!

– Então, vamos aproveitar o final de semana para ir atrás de alguma informação nova.Vocês concordam?

– E eu, Sócrates?

– É melhor você ficar treinando, Alemão! Faz um esforço e fica na sua. Em algumas lutas é melhor aparecer apenas no final.

–Tudo bem, Sócrates, vou fazer isso.

Dona Rita aparece na porta:

– O suco já está pronto e tem também pipoca que eu preparei para vocês. Quem vai nessa?

– Eu ajudo, dona Rita! – Nina fala animada.

– Eu também ajudo! – Jéssica vai atrás das duas que saem da sala para buscar as coisas.

–Você sabe onde mora o Leo, Alemão?

– Sei sim, te passo o endereço, Otelo.

– Beleza, logo que sair daqui vou fazer um reconhecimento da área para me familiarizar.

– Faça isso, Otelo, talvez você nos traga novidades!

– Duvido, Sócrates, o Leo é gente boa!

– Espero que sim! – O líder do grupo comenta.

As garotas voltam trazendo duas jarras com suco de acerola e três tigelas de pipoca.

Duas horas depois, eles se despedem.

Antes de saírem, eles colocam as mãos umas sobre as outras e dizem ao mesmo tempo:

– A.N.J.O.S.!

***

No começo da noite, duas personagens conhecidas namoram em uma praça muito bonita da cidade.

–Você quer sair para um lanche mais tarde?

Ela encosta a cabeça no peito dele e diz:

–Você é tão importante para mim, Sócrates!

Carinhosamente, ele encosta os lábios na boca dela e a beija apaixonadamente.

Ela o envolve num carinhoso abraço.

– Eu te amo!

–Também te amo, Sócrates!

Após alguns minutos de silêncio:

– Estou sentindo tontura, Sócrates...

– O que houve?

Os olhos de Jéssica brilham intensamente e sua fisionomia se altera:

– Jéssica, o que está acontecendo com você?

Legi
A

MENTES INVISÍVEIS

– Vocês devem tomar cuidado com os perigos invisíveis.

A voz de Jéssica está mais grave e mansa, embora revele firmeza em cada palavra. – e ela continua:

– Os dois lados da vida influenciam um ao outro. Evitem revidar agressão com outra agressão, para que a situação não se agrave mais ainda.

Sócrates está nervoso, ele nunca vira a namorada ficar daquele jeito, parecia outra pessoa. Corajosamente ele indaga:

– Jéssica, o que está acontecendo? Por que sua voz está assim?

– Acalme-se, sou apenas um amigo invisível que acompanha vocês há algum tempo!

– Por que ela está assim?

– Jéssica é médium e nesse momento eu falo pela boca dela. Não há o que temer. Seja qual for a dificuldade que surja, evitem ser os instrumentos que geram a maldade e a violência. Vocês passarão por momentos difíceis, que só podem ser superados se a paz e a união forem mantidas...

– O que irá acontecer... – a voz de Sócrates cessa. – O que vai acontecer?

Sócrates insiste, mas o rosto de Jéssica vai voltando ao normal e ela abre os olhos um tanto atordoada.

Ele a abraça indagando:

–Você está bem?

– Estou ainda um pouco tonta, mas me sinto melhor.

– Como foi que isso aconteceu? O que você sente nessa hora?

– Eu estava de boa, de repente minha cabeça foi experimentando um tipo de dormência dentro dela...

– Que estranho, como é isso?

– Não sei, o pensamento fica se repetindo várias vezes dentro da minha cabeça, é sempre o mesmo, até que começo a falar automaticamente tudo que vem à mente. Já aprendi algumas coisas sobre isso no centro espírita. O que aconteceu foi uma comunicação espiritual. Eles chamam de psicofonia.

– Psico... o quê?

– Psicofonia, os espíritos falam pela boca do médium quando querem transmitir uma mensagem.

– O espírito falou por sua boca? Nossa, irado isso!

– Isso mesmo. Esse que se comunicou foi um amigo espiritual que nos protege e orienta. Me senti muito bem e uma grande paz durante a comunicação. Ele veio nos aconselhar. Você teve medo?

– Nem um pouco, pelo contrário, me senti muito bem com a presença dele. Já imaginava que fosse isso, pois você já tinha me falado dessas coisas.

– Ainda bem! – ela comenta aliviada.

– Mas foi bem na hora em que a gente namorava. O que será que ele quis dizer com: "Vocês vão passar por momentos difíceis"?

– Não sei! Mas é melhor a gente avisar a galera.

– Faremos isso amanhã!

***

– Então, mais um pouco e a gente consegue detonar de vez aquele cara!

– O plano para conseguir expulsar ele da escola ainda vai rolar, amor! – Marina fala isso passando a mão nos cabelos de Leo.

– A idiota da Sandra está me saindo uma marionete, uma ajudante perfeita para os meus projetos. Quanto ao plano para expulsar o Alemão da escola, vai rolar assim que ele voltar.

– Ele vai ter uma bela surpresa, porque sempre acreditou em você.

– Ele é um idiota, Marina, e eu vou acabar com ele. Não perco a oportunidade de disputar essa Olimpíada por nada desse mundo.

– Mas pelo que eu sei, ele já te derrotou no campeonato estadual, não foi? – ela diz isso com intenção de provocá-lo.

– Isso é verdade! Mas a forra vem agora, na seletiva dos jogos olímpicos. Ele não perde por esperar. Além disso, quando ele chegar na seletiva vai estar fora da escola, expulso e sem moral com mais ninguém. Quando chegar na seletiva, eu vou ralar as costas dele no tatame. Vai ser o maior *ippon* de todos os tempos!

– Precisamos tomar cuidado com o Sócrates e com aqueles outros panacas que andam com ele!

– Pode deixar, Marina, eles vão receber a cota deles também!

Dizendo isso, ele a abraça e, então, se beijam apaixonadamente.

–Vê se termina logo com isso, que eu não aguento mais te ver abraçado com aquela branquela da Sandra. Ela se acha muito esperta e nem imagina que nos ajudou a detonar a Mary e o Alemão.

– Não se preocupe, princesa! – ele diz acariciando o rosto dela. – Mês que vem é a seletiva, bem antes disso eu terei o grande prazer de mandar a Sandra se catar!

Eles não percebem, mas ao lado deles dois jovens invisíveis dão gargalhadas de satisfação, falando entre si:

– Por enquanto, está fácil induzir esses dois a fazerem o que queremos, não é, Bill?

– São instrumentos perfeitos e têm os mesmos desejos que a gente, por isso fica fácil, Ítalo!

– Vamos continuar seguindo os dois para continuar influenciando com toda nossa determinação. – Ítalo fala com um sorriso sinistro.

– Eles nem percebem que muitas vezes somos nós que conseguimos induzi-los a fazer o que queremos!

– Isso mesmo, Bill! Nossos planos caminham bem, mas não podemos facilitar para que outros espíritos venham e atrapalhem nossos projetos.

– E agora, o que vamos fazer? – Ítalo indaga curioso.

– Continuaremos atrás deles. Mantendo nossas mentes em sintonia com a mente do Leo e da Marina, dificilmente eles vão deixar de fazer o que queremos. – Bill fala com satisfação.

– Então, vamos acompanhá-los!

– Vamos, Ítalo. Não podemos baixar a guarda!

Os dois jovens espíritos com seus aspectos sinistros movimentam-se junto a Marina e Leo.

***

Na casa de Alemão...

Ele prepara uma vitamina com várias frutas. Assim que desliga o liquidificador, pega o grande copo e enche. Vai até o quarto e apanha em uma gaveta quatro comprimidos. Retorna à cozinha e toma os comprimidos com a vitamina.

MUDANÇAS

– O que eu soube é que a Mary vai mudar de escola.

– Quem é que te disse isso, Nina? – Alemão fala inconformado.

– A própria Sandra comentou comigo, foi assim que fiquei sabendo!

– Quando descobrir quem fez isso com a gente, eu vou arrebentar.

– Nada disso, Alemão! – Sócrates fala, chegando junto com Jéssica.

– O ódio não dá conselhos legais, Alemão, ele deixa qualquer um cego, cuidado! – Jéssica afirma com carinho na voz.

– Eles estão certos, Alemão... – Nina emenda.

– Parece que os maus sempre ganham a parada!

– Pode parecer que sim, Alemão, mas vamos olhar mais à frente para saber o que vai acontecer.

– E aí galera, perdi alguma coisa? – Otelo indaga, aproximando-se do grupo.

– O melhor é não revidar pancada com pancada. Se fizermos isso seremos iguais aos que nos agrediram primeiro. Violência é trevas, estamos fora!

– Por que esse discurso, Jéssica? – Nina questiona a amiga.

– Ouvimos essa orientação de um espírito amigo que falou pela boca da Jéssica. – Sócrates explica. – Ele pediu para nos mantermos unidos para vencer as lutas que teremos em breve.

– Uau! – Otelo se admira. – Então, estamos recebendo orientações diretas da galera do lado de lá?

– É verdade, galera! E isso aumenta a nossa responsabilidade em fazer as coisas corretamente. Não podemos ficar vacilando com bobagens e dando pancada em quem não pensa como a gente!

– Beleza, Sócrates! – Nina concorda sorrindo.

Alemão parece estar disperso, longe, muito longe.

– Alô! Planeta Terra chamando! – Otelo brinca, provocando Alemão.

– Está tudo bem, Alemão?

– Tudo certo, Nina. Está tudo bem.

Jéssica observa o amigo em silêncio e admite para si mesma que Alemão anda muito estranho, mas prefere não valorizar a sua intuição.

– A Mary vai sair da nossa escola e não podemos fazer nada para ajudar. Isso me dói demais, me sinto culpado de certa forma.

– Nada disso, Alemão, não foi você quem divulgou as fotos. – Otelo tenta amenizar as coisas.

– Mas ter ficado com ela durante aquela noite foi muita irresponsabilidade da minha parte. Disso não posso fugir. – ele faz uma pausa e prossegue. – Ter passado a noite com ela agravou mais a situação.

Alemão baixa a cabeça, e colocando as mãos no rosto chora muito sentidamente.

Os amigos se entreolham e ficam sem saber o que fazer.

Até que Nina fala, procurando mudar o astral:

– Pessoal, olha o que eu trouxe...

E abrindo a bolsa, retira sua flauta e começa a tocar a música, "Quase sem querer", do Legião Urbana.

No mesmo instante, Otelo começa a cantarolar a letra.

Alemão continua de cabeça baixa, mas para de chorar.

Nina toca aquela música porque sabe que ele gosta muito e quando canta a letra sua imitação da voz de Renato Russo é perfeita.

Para alegria de todos, ele ergue a cabeça e sorrindo começa a cantar, imitando o vocalista da famosa banda.

Sócrates e Jéssica começam a dançar.

Otelo pega o violão que estava no canto da sala e começa a tocar junto com Nina.

Tenho andado distraído
Impaciente e indeciso
E ainda estou confuso
Só que agora é diferente
Estou tão tranquilo
E tão contente

Quantas chances desperdicei
Quando o que eu mais queria
Era provar pra todo o mundo
Que eu não precisava
Provar nada pra ninguém

Me fiz em mil pedaços
Pra você juntar
E queria sempre achar
Explicação pro que eu sentia

Como um anjo caído
Fiz questão de esquecer

Que mentir pra si mesmo
É sempre a pior mentira

Mas não sou mais
Tão criança a ponto de saber tudo

Já não me preocupo
Se eu não sei por que
Às vezes o que eu vejo
Quase ninguém vê
E eu sei que você sabe
Quase sem querer
Que eu vejo o mesmo que você

Tão correto e tão bonito
O infinito é realmente
Um dos deuses mais lindos

Sei que às vezes uso
Palavras repetidas
Mas quais são as palavras
Que nunca são ditas?

Me disseram que você
estava chorando
E foi então que percebi
Como lhe quero tanto

Já não me preocupo
Se eu não sei por que
Às vezes o que eu vejo
Quase ninguém vê
E eu sei que você sabe
Quase sem querer
Que eu quero o mesmo que você.

Ao final da música, todos batem palmas e se abraçam.

– Logo isso tudo vai passar, Alemão, pode acreditar! – Jéssica diz, abraçando o amigo.

– Qual vai ser o próximo passo? – Alemão pergunta ansioso.

–Vamos partir para a ação. – Sócrates afirma. – Agora é o momento de colocar em prática nosso plano. E a Mary, Nina?

–Vou fazer uma visita para ela hoje à tarde.

– Leva um recado para mim?

– Claro que eu levo, Alemão!

– A linha ficou mesmo bloqueada?

– Ela está bloqueada, Otelo.

– Maravilha! Pelo menos ninguém vai suspeitar de você, caso pinte uma nova foto no celular dos alunos da escola.

– Vamos levantar a cabeça e não desanimar. O Alemão tem de estar inteiro para a seletiva dos jogos olímpicos.

– Estarei preparado, Sócrates, pode apostar.

– Ele está bem fortinho, né galera?

– Eu nem tinha prestado atenção nisso, Nina! – Otelo fala, arregalando os olhos.

– Garoto, o que é isso? Que músculos, hein! – Sócrates exclama.

– A gente convive com você e nem percebe sua evolução muscular. Você está muito forte! – Jéssica concorda com os amigos.

– Vai estar saradão para enfrentar o Leo na seletiva, né? – Otelo comenta sorrindo.

– Vou estar bem preparado, mas não sei se enfrentarei o Leo. Tudo depende das séries e das chaves em que cairmos.

– Beleza, Alemão! De qualquer jeito, eu não queria estar no lugar dele para te enfrentar. – Sócrates comenta sorrindo.

– Como funcionam as seletivas, Alemão?

– Jéssica, são 98 atletas de 17 federações disputando 25 vagas, 10 masculinas e 15 femininas. As seletivas acontecem em três etapas, ao final delas saberemos quem vai representar o Brasil.

– E podem se classificar mais de um representante de cada Estado? – Otelo indaga.

– Se eles não se enfrentarem durante a seletiva e vencerem suas lutas, nada impede que se classifiquem para os jogos olímpicos.

– Quando acontece a primeira fase da seletiva?

– Na semana que vem, Sócrates.

– Estaremos presentes para te apoiar. – Jéssica informa.

– Conto com vocês!

– Pode contar, Alemão! – Nina afirma com entusiasmo.

–Vamos dar um *Ippon* no pessimismo! – Otelo faz o gesto como se estivesse dando um golpe do judô.

Todos caem na gargalhada.

O SEXTO A.N.J.O.S.

– A reunião foi positiva, galera.

– Foi mesmo, Sócrates, agora é partir para a investigação direta para que esse pesadelo do Alemão chegue ao fim. – Otelo concorda com o líder do grupo.

Eles estão espalhados pela sala. Jéssica e Nina sentadas no chão em duas almofadas. Sócrates e Alemão acomodados nas duas poltronas e Otelo de pernas cruzadas sentado em um Puff.

Involuntariamente, eles ficam em silêncio, até que são surpreendidos por Jéssica, que modifica suas feições.

Nina, Otelo e Alemão olham para Sócrates, que coloca o dedo nos lábios pedindo silêncio.

Igual a outra comunicação, a voz de Jéssica se modifica e todos ficam na expectativa.

– Salve galera A.N.J.O.S., agradeço a Deus por poder estar aqui com vocês. Venho trazer para o grupo uma mensagem de esperança. Como vocês, muitos jovens pelo mundo afora enfrentam as lutas nessa escola chamada Terra. Chegou a hora de unir os nossos esforços no bem. Juntar os jovens desse lado da vida, os que são invisíveis aos olhos, mas que estão ligadinhos pelo coração aos jovens que estão vivendo na Terra. Estamos ligados uns aos outros pelos sentimentos e desejos que alimentamos.

Os A.N.J.O.S. ouviam aquelas palavras com muita atenção e respeito. A voz transmitida por Jéssica chegava aos ouvidos e corações de todos.

Uma breve pausa na fala do jovem espírito e Otelo não perde tempo e pergunta:

– Podemos saber qual o seu nome?

– Claro! Me desculpem por não ter me apresentado, me chamo Ângelo.

– E você, Ângelo, nos acompanha desde quando? – Otelo prossegue em suas perguntas.

– Desde que vocês se uniram para essa causa legal de auxiliar outros jovens eu me uni a vocês, mas só agora pude me apresentar.

– Então, você está com a gente há um tempinho.

– Sim, Otelo! Acompanho vocês desde a luta com Andrezinho, e o drama de Julieta. Eu e outros jovens daqui dessa dimensão nos esforçamos para inspirar bons conselhos a vocês em seu trabalho de ajudar e amparar outros jovens.

– Irado isso! – Nina comenta animada.

– É irado o amor de Deus por todos nós, Nina. Ele nos permite auxiliar uns aos outros, mesmo depois que a vida física cessa para alguns. O amor e o bem são elos da corrente que une a todos nós!

– Beleza, Ângelo! – Otelo diz animado e cheio de intimidade com o espírito amigo.

– Nós não podemos fazer nada substituindo vocês. Podemos apenas, sempre que for possível, inspirar e trazer alguns conselhos para enfrentar as lutas da vida.

– Então, podemos dizer que você é o sexto do grupo A.A.N.J.O.S.? – Alemão pergunta com largo sorriso.

– Somos todos jovens projetos de Deus, para nos tornarmos ANJOS no futuro. Galera, não esqueça, não alimente o mal, nem use da violência para alcançar seus objetivos. Se o caminho das conquistas passar pela maldade, nada lhe pertencerá. Vale a pena se ligar nessas informações.

– Obrigado, Ângelo! – Sócrates agradece.

– Estamos juntos, enquanto o bem nos unir!

Jéssica vai retomando suas feições naturais.

Eles ficam em silêncio, refletindo em todas as palavras de Ângelo, o sexto A.A.N.J.O.S.

***

– Você vai mudar de escola.

– Mas papai...

– Não tem "mas", a situação ficou insustentável e a minha única alternativa é te tirar do Monteiro Lobato.

Mary enxuga as lágrimas que insistem em correr copiosas.

– Filha, se eu pudesse, não faria isso...

– Se ao menos você desse uma chance para o Alemão se explicar.

– Nem quero ouvir você falar desse cara!

– Você não é esse homem intransigente que está querendo parecer, querido. – a mãe de Mary intervém com muito carinho e respeito pelo marido. – O que vai te custar ouvir o que ele tem a dizer?

Ele para e reflete. Contempla o olhar suplicante da filha e diz:

– Tudo bem, filha, eu vou dar uma chance para esse rapaz me contar a versão dele sobre o que aconteceu.

– Vou falar com ele, assim que possível.

– Eu espero...

– Agora vamos almoçar?

– Obrigada, mamãe!

Sandra que ouve toda a conversa do seu quarto dá de ombros. Ela está olhando para o celular cujo papel de parede é uma foto de Leo vestindo seu quimono. Suspirando, acaricia a tela do celular e beija dizendo em voz alta:

–Te amo...Te amo...

– Ama quem, filha? – O pai indaga da porta.

– Nada não, pai, nada não...

–Venha almoçar!

Sandra levanta-se imediatamente e vai se juntar à família.

Durante o almoço todos permanecem em silêncio.

***

Duas horas depois...

– Acho que é por aqui, Nina, o número é 665. Que muro alto!

– É mesmo, Otelo, deve ser aqui, vou tocar a campainha. – Nina estica o braço para alcançar a campainha e consegue com a ponta dos dedos.

– Será que não tem ninguém? – Otelo indaga impaciente.

– Quem é? – pergunta uma voz masculina vinda do outro lado do muro.

– Boa tarde, somos amigos da Mary e viemos fazer uma visita.

– Que amigos?

– Nina e Otelo, do Colégio Monteiro Lobato. – Nina responde por eles.

–Tudo bem, vou abrir o portão.

O portão se abre com rangidos de dobradiças enferrujadas.

– Podem entrar! Sou o pai da Mary.

Receoso, Otelo estende a mão e Nina faz o mesmo:

– Muito prazer... – ele diz timidamente.

– Não se preocupem, não mordo. – o pai de Mary fala sorrindo. – Por aqui.

No interior da casa:

– Filha, seus amigos estão aqui. – e olhando para os dois recém--chegados, indica. – Sentem-se ali, e fiquem à vontade.

– Obrigado, senhor!

– O senhor está no céu!

– Sim senhor! – Otelo diz desconcertado sem saber o que dizer.

– Nina... Otelo... – Mary corre de braços abertos para os dois. – Que bom que vocês vieram me ver.

– Não viemos antes porque não sabíamos como estavam as coisas. – Nina fala abraçando Mary com entusiasmo.

Otelo por sua vez afirma:

– Estávamos com muita saudade e preocupados com você!

– A vinda de vocês foi providencial, porque meu pai aceitou ouvir a versão do Alemão.

– Sério? – Otelo indaga, sentando-se no sofá. – Será que ele vai ter essa coragem?

– E por que não teria, Otelo? – Nina questiona o amigo.

– Desculpe, falei bobagem. Ele tem coragem sim, e assim que receber a notícia virá te ver.

– Mas, me contem as novidades, como estão as coisas na escola?

– Surgiram novas fotos, dessa vez com uma garota nua, mas ela não é da escola. – Nina conta.

– Mas quem divulgou as fotos?

– Foi do mesmo celular, do Alemão.

– Isso não é possível! – Mary afirma.

– Nós sabemos que não foi o Alemão, mas o celular dele foi clonado, disso nós temos absoluta certeza.

– Eu sei, Otelo, confio nele!

– Qual o nome do seu pai, Mary?

– Otelo, meu pai se chama Lino.

– Acho melhor o seu Lino não tomar conhecimento dessas outras fotos, pelo menos enquanto ele não conversar com o Alemão.

– O Otelo tem razão, Mary, deixe que o próprio Alemão conte tudo para ele.

– Concordo com vocês, farei isso!

Sandra, do corredor, ouve toda a conversa e depois de alguns minutos se recolhe ao seu quarto.

A VOLTA À ESCOLA

Na portaria do colégio, Jéssica e Sócrates aguardam pela chegada dos outros A.N.J.O.S. para que solidariamente todos entrem unidos. Não demora muito tempo para que Otelo e Alemão cheguem juntos.

– Só falta a Nina, cadê ela? – Alemão indaga.

– Ela não deve demorar, pessoal, vamos esperar um pouco. – Jéssica pede aos amigos.

Alguns alunos que passam pela portaria não deixam de observar a presença de Alemão com discreto espanto e desconfiança. Todo esse comportamento gera certo desconforto. Mas a grande surpresa estaria para acontecer.

Em poucos minutos, Leo vem chegando à portaria da escola e no instante que passa por Alemão, ironiza:

– Pensei que a direção da escola tivesse te expulsado!

Alemão, que até aquele momento acreditava que ele e Leo fossem amigos, surpreende-se e sem entender a colocação do recém-chegado, indaga:

– O que você quer dizer com isso? Não entendi!

Leo se aproxima do rosto de Alemão e dispara:

– Pensei que a direção tivesse te expulsado da escola. Não deviam deixar entre nós, garotos que abusam das alunas!

Alemão fica furioso, mas controlando o que sente, afirma:

– Não sei do que você está falando, pois meu celular foi clonado e alguém, que vou descobrir quem é, fez essa armação comigo.

Começa a juntar gente na portaria da escola, e é justamente esse o propósito de Leo: quanto mais escândalo melhor, para que Alemão se torne uma pessoa cada vez mais envolvida em confusão.

Ao lado de Leo, os dois acompanhantes invisíveis: Ítalo e Bill se divertem com o possível confronto.

– Leo cospe no chão, insulta mais para que ele perca a cabeça! – Ítalo fica falando no ouvido de Leo, tentando influenciá-lo mentalmente.

– Isso mesmo! – Bill também promove a indução mental. – cospe no chão!

A situação agrava-se quando Leo aproxima-se de Alemão, e olhando em seu rosto, cospe no chão, dizendo:

–Você me dá nojo!

Sócrates segura Alemão pelo braço esquerdo e Otelo se aproxima segurando o braço direito dele.

– Não reaja... – Sócrates diz em seu ouvido.

– Não vai fazer nada? – Leo provoca desafiadoramente.

– Vamos embora, Alemão! – Jéssica se aproxima e pega na mão do amigo, levando-o dali.

A galera começa a dispersar e todos vão para a sala de aula, pois o sinal de início das aulas já havia tocado.

Mas, as coisas não seriam fáceis para o Alemão em seu retorno às aulas, e na classe ele recebe um recado para se apresentar na sala da direção.

O diretor da escola o recebe e pede que ele esclareça o que está acontecendo.

Alemão conta tudo, sem deixar nada de lado.

Por ser um aluno dedicado, que sempre se esforçou para cumprir com sua responsabilidade, o diretor decide não tomar nenhuma decisão precipitada.

– Quando você vai ter uma resposta da operadora de celular sobre a clonagem do seu telefone?

– Hoje à tarde, Sr. Olegário. Assim que eu receber algum documento comprovando a clonagem, eu entrego em suas mãos.

– Mas você sabe que irá sofrer algumas perseguições e provocações, não sabe?

– Sei sim, mas não vou reagir.

–Tem certeza?

–Tenho sim, pode ficar tranquilo, não vou causar confusão.

– Confio em você e vou esperar. Se eu posso te dar um conselho, fique fora de qualquer confusão, pois se acontecer qualquer coisa, algumas pessoas virão até aqui para pedir sua cabeça.

– Pode deixar, Sr. Olegário, farei de tudo.

O diretor aperta a mão de Alemão e ele volta para a classe.

O professor Arantes, de Filosofia, autoriza sua entrada em sala de aula.

As aulas antes do intervalo transcorrem normalmente.

Chega o intervalo, e todos os cinco A.N.J.O.S. caminham para a quadra de esportes. Do outro lado da quadra, Leo e Marina conversam e de vez em quando olham na direção de Alemão.

– Ué! Cadê a Sandra? – Nina indaga, estranhando a ausência da irmã de Mary ao lado de Leo.

– Era para estar com o Leo, não é, pessoal?

– Sim, Otelo, mas ela deve ter faltado por um motivo qualquer.

– Que nada, Jéssica, olha lá ela chegando. – Alemão comenta.

– Acho que as coisas daquele lado não estão muito bem. – Nina sugere.

– Mas também, a Marina não desgruda do Leo.

–Tem razão, Jéssica. Isso não vai acabar bem! – adverte Nina.

De repente todos se assustam, pois Sandra empurra Marina que cai na quadra.

– Afaste-se do Leo! – Sandra grita alucinada.

–Você vai me pagar caro, garota! – Marina grita, partindo para cima de Sandra.

A quadra fica lotada de gente em volta das duas que se engalfinham. Alguns filmam pelo celular e gritam:

– Bate, bate, bate...

Ao lado das duas, Ítalo e Bill se divertem com aquela situação. Aproveitam-se do estado de cólera de ambas para pedir por mais agressões ainda.

Ninguém os vê, mas eles estão ali semeando a confusão.

Alemão corre para separar as duas junto com Sócrates e os outros A.N.J.O.S..

Leo fica indiferente à briga que corre solta. E quando uma garota pergunta se ele não ia fazer nada, ele simplesmente responde:

– Problema delas!

Alemão ouve isso e tem vontade de cobrar de Leo uma atitude, mas desiste.

Sócrates, Nina e Jéssica separam as duas que estão grudadas, uma no cabelo da outra.

A inspetora de alunos chega e encaminha as duas para a direção.

Após a confusão, Jéssica comenta com os amigos:

– Senti algo muito ruim durante a briga.

–Tudo é ruim quando existe violência, né amiga?

– Eu sei, Nina, me refiro à presença de espíritos ignorantes que aumentam mais ainda o ódio e a raiva com a influência deles.

– Jéssica, você quer dizer que existem espíritos que ajudam a criar essas situações?

– Isso mesmo, Otelo, a galera não percebe, mas quando damos sintonia em nossos pensamentos e sentimentos para a cólera, esses espíritos perturbados são atraídos como mosca para junto da gente. É como mosca em cima de uma ferida.

BRIGA!
BRIGA!
BRIGA!

– Nossa, Jéssica! Quer dizer que maus sentimentos e maus pensamentos são como feridas invisíveis?

– Isso mesmo, Alemão! Quando a maldade se instala em qualquer lugar, tudo fica infestado por espíritos que cultuam a maldade.

– Então o Ângelo, o sexto A.A.N.J.O.S., tinha razão quando nos pediu para não revidar as agressões?

– Isso mesmo, Nina, se pela manhã o Alemão tivesse reagido às provocações do Leo, a essa hora a barra estaria mais pesada para o lado dele.

– Precisamos ser diferentes da maioria. Precisamos agir, galera, nada de reagir ao comando dos outros! – Sócrates afirma com determinação.

Olhando à sua volta e percebendo que não há ninguém, Sócrates chama os amigos e, espalmando a mão, diz com emoção:

– A.N.J.O.S.!!! – E todos unem as mãos simbolizando a união do grupo. Sem que eles percebam uma sexta mão, essa invisível, se junta às mãos deles, era Ângelo que estava ali.

RISCOS

– Foi loucura sua brigar com a Sandra na escola. Você está louca? Quer pôr tudo a perder?

Marina morde os lábios de raiva, por ter de aturar o garoto que ela ama envolvido com a branquela da Sandra.

– Ela mereceu e ainda vai ter mais!

– Não atrapalhe meus planos, entendeu? – Leo diz isso apertando o braço dela.

– Me solte...

– Ou você colabora, ou está fora da minha vida, pode escolher!

Marina não consegue imaginar a vida sem ele. Ama-o mais do que tudo e ficar sem seu amor será o fim da vida. Pensando nisso, ela se contém e prefere se calar, mas mentalmente promete a si mesma que Sandra pagará muito caro por tudo aquilo.

– Compre umas flores e mande entregar na casa da Sandra! Preciso reparar a burrada que você fez.

– Eu comprar flores para aquela...

– Faça isso hoje, estou indo treinar! E não esqueça de mandar um cartão apaixonado junto com as flores.

– Eu não vou fazer isso, nem morta!

–Vai sim, pois foi você quem arrumou essa confusão.Tchau!

Ele sai batendo a porta, deixando-a furiosa.

Sem conseguir dominar a raiva que sente, Marina chora muito e depois sai para comprar as flores.

***

– Será que eu mereço isso? – Sr. Lino se lamenta. – Minhas duas filhas precisam mudar de escola porque não têm educação. Uma passa a noite na rua, a outra briga como moleque dentro da escola.Vocês querem me matar de vergonha? A Mary já vai ser transferida... Agora eu faço o que com a senhora, hein, dona Sandra?

As duas ouvem o desabafo do pai, em silêncio, pois sabem que ele tem toda razão.

– E me disseram que você brigou na escola por causa de um garoto? É verdade isso? Vamos, me responde?

– Sim, papai... – Sandra fala num sussurro.

– E quem é ele? Posso saber?

– É o Leo, pai.

– Que Leo é esse?

– Ele estuda e está se preparando para as seletivas de judô, para representar o Brasil nos jogos olímpicos.

– Mas o outro também não está fazendo isso, ou estou enganado, Mary?

– Não está enganado, papai, é verdade!

– Meu Deus, será que a minha casa está sendo invadida por um grupo de lutadores de judô? Minhas filhas só sabem se envolver com lutadores?

– Calma, Lino, foi apenas uma coincidência. – a esposa tenta acalmá-lo.

Nesse instante, a campainha da casa toca.

– Quem pode ser agora? Vá ver quem é, Mary!

Assim que ela abre o portão, seu coração quase lhe sai pela boca. É ele que está ali diante dos seus olhos.

– Oi, Mary! – ele diz com grande sorriso.

Ela mal consegue conter a emoção e rapidamente o abraça.

Ele não imaginava a imensidão de sonhos que havia despertado naquela alma feminina.

– É melhor entrar...

Em silêncio, ele a segue.

– Pai! – ela fala assim que entra. – Esse é...

O pai a interrompe:

– Eu sei quem ele é. – e fazendo breve suspense, conclui apontando uma cadeira. – Pode se sentar.

– Sr. Lino... – ele tenta iniciar a conversa.

– Um minuto, rapaz... – então ele se dirige à Mary, à esposa e à Sandra. – Vocês podem sair e me deixar aqui sozinho com ele?

Estampando grande frustração no rosto, elas saem contrariadas. Elas vão para o quarto e de lá tentam ouvir alguns trechos da conversa, mas não conseguem perceber nada.

A sós com Alemão, Sr. Lino, depois de ouvi-lo, revela todas as preocupações de pai.

Surpreende-se quando Alemão afirma que vai acompanhar Mary na transferência para a nova escola. Diz que estando junto com ela, todos vão perceber que o que existe entre eles é algo sério, e se algum boato vazar para a nova escola, ele estará com Mary em todos os instantes.

Sr. Lino surpreende-se com a maturidade e o comportamento do Alemão. Reflete muito enquanto conversa e deduz que permitir o namoro dos dois seria a melhor maneira de proteger a própria filha.

– Qual o seu nome, filho?

Alemão surpreende-se pelo rumo paternal que a conversa toma. Por breves instantes, pensa no pai que lhe faz tanta falta.

– Meu nome mesmo é Anderson, mas estou tão acostumado a ser chamado de Alemão.

– Certo, Anderson Alemão, senti sinceridade em suas palavras e vou autorizar seu namoro com minha filha...

– Sério???

– Sério!!! Por tudo que você me contou vou lhe dar uma oportunidade de provar se seu discurso combina com seu comportamento.

– Obrigado, Sr. Lino, eu e a Mary nunca "ficamos". Não concordo com essas coisas...

– Nunca "ficamos", o que significa isso, Sr. Anderson Alemão?

Alemão percebe que é melhor mudar de assunto, pois pode ser mal interpretado nessas coisas de "ficar".

– Quero muito contar com o apoio da Mary na seletiva dos jogos olímpicos.

– Hum... sei... – Sr. Lino percebe a intenção dele, mas resolve deixar para lá e ainda o ajuda, comentando. – Acompanhei as lutas do judoca Aurélio Miguel, quando ele conquistou medalha na Olimpíada de Seul, em 1988.

E eles ficaram ali conversando sobre esportes durante um tempo.

No quarto, as três abrem a porta e conseguem ouvir uma gargalhada vinda da sala, o que deixa todas curiosíssimas sobre o conteúdo do que se fala. Então, elas se assustam quando Sr. Lino entra no quarto onde elas estão, e diz:

– Mary, já terminamos a conversa, vá levar o Anderson Alemão até o portão!

MUNDO PARALELO

Jéssica adormece...

Poucos minutos depois, ela olha para o lado e se vê de pé ao lado da própria cama. Contempla seu corpo físico adormecido e se surpreende com a presença daquele jovem que lhe sorri, dizendo:

– Tudo bem, Jéssica?

– Tudo. – ela responde um pouco confusa. – Mas onde estou?

– Você adormeceu fisicamente e agora está desdobrada espiritualmente no mundo espiritual.

– Quem é você?

– Desculpe não ter me apresentado, mas você já me conhece de certa forma. Sou Ângelo, um espírito amigo.

– Como você é jovem!

– Somos todos jovens na vontade e desejo de fazer o bem. De revolucionar o mundo para melhor.

– Quando acordar, vou lembrar que estive com você?

– Vai ter algumas lembranças confusas, mas vai sim.

– Você também aparece para os outros A.N.J.O.S.?

– Estou sempre com vocês, mas sabe como é, nem todos têm sensibilidade para registrar a presença da gente. Aqui desse lado também tem uma galera que se esforça para ajudar quem está no mundo material.

– Eu tenho certeza disso, só não sabia que a ajuda era tão direta assim.

– Você nem imagina o quanto estamos próximos! – Ângelo sorri e continua. – Jéssica, tudo é questão de sintonia mesmo. Se liga! Vivemos em um mundo de energias, e cada um cria a sua de acordo com o que deseja. Então, funciona assim, nós buscamos sempre pelos interesses que temos.

– Muito dez isso! – Jéssica comenta entusiasmada.

– Também acho! Temos um grupo de espíritos que acompanha vocês aqui do mundo dos espíritos.

– E por que essa galera daqui acompanha a galera de lá?

– Porque mesmo sendo diferentes, são mundos que interagem. É assim, Jéssica: Se você se ligar no bem, aí, estará se conectando com a galera do bem daqui. Se ligar a mente no mal aí, imediatamente vai se conectar com as trevas daqui.

– Isso acontece com todo mundo?

– Claro que sim, é uma lei natural, entendeu?

– Não tem nada a ver com idade?

– Nada! Companhias espirituais não se ligam por idade, mas por sentimentos. Se liga! Todos temos amigos espirituais que querem nosso bem e que nos amam, mas é preciso saber abrir as portas da nossa mente para receber intuições e bons pensamentos que irão nos ajudar na vida.

– É como se conectar em uma rede wireless?

– Beleza! É isso mesmo. As redes são muitas e temos de ter a senha para navegar de boa com a vida. Conexão com o bem pede o bem dentro da gente. Pegou?

– Peguei! Por isso que você pediu pra gente não revidar o mal com mal?

– Grande Jéssica, sacou tudo! Revidar a violência é a melhor forma de ser violentado!

– Mas é tão difícil tudo isso!

– Eu sei, se fosse fácil todo mundo faria, se fosse moleza todo mundo seria do bem. A sacada é ser diferente, é se esforçar para não reagir aos piores estímulos do mundão.

Jéssica emociona-se com as palavras de Ângelo.

–Vem comigo, vou te levar em uma balada diferente.

Ele segura na mão dela e os dois se deslocam rapidamente para um grande auditório tomado de jovens.

– Onde estamos?

– Estamos em um encontro de jovens no mundo espiritual. Aqui estão reunidos jovens comprometidos com o bem, com o melhor da vida.

– São de alguma religião?

– São sim, Jéssica. A religião aqui é o amor e o respeito. Todos somos seguidores de Jesus, mas não daquele que algumas religiões se apropriaram na Terra. Aprendemos sobre o evangelho como o alimento para nossa alma. Aqui desse lado da vida ninguém se esconde, e todo mundo se mostra tal qual é. Amamos Jesus e servimos uns aos outros em nome Dele. Daqui partem espíritos na condição de jovens para todos os cantos da Terra, para auxiliar e amparar os jovens encarnados que sofrem e lutam, a fim de vencer as dificuldades da vida no mundo material. – Ângelo faz breve pausa e prossegue. – Problemas com drogas, família, violência, sexo e tudo que você possa imaginar, ninguém fica sem amparo.

– Mas não existem os espíritos protetores?

– Claro que sim! Estejam eles onde estiverem, sempre irão inspirar e proteger a criança, o jovem, o adulto, o idoso.

Nesse instante, uma música começa e um grupo de jovens canta com profunda emoção. Não existe melancolia na letra, não se ouve lamentações, apenas a beleza e a exaltação do amor.

Todos os jovens presentes se levantam e cantam. A energia do ambiente envolve a todos no mais profundo bem-estar.

Jéssica sente duas lágrimas que correm por sua face, nascidas do coração.

Após a música, no momento da prece direcionada, uma garota pede em favor de todos os jovens do mundo. Pede por aqueles que sofrem com as guerras, e com todo tipo de violência. Vítimas do abandono, dos abusos e todo mal. Ela profere a prece e o ambiente que já era rico de boas energias parece se elevar mais ainda. Após a prece, o silêncio.

Jéssica sente paz, harmonia como nunca pensou existir. Ângelo segura sua mão e eles partem.

– Esse mundo é paralelo ao nosso, Ângelo?

– Aprendemos que o mundo material está contido no mundo espiritual. São mundos que interagem, como eu te disse.

Jéssica reflete em tudo que vê e experimenta.

Ela desperta, olha no relógio – três e meia da manhã. Alguns flashes do que aconteceu percorrem sua mente, e mais uma vez ela se emociona. Tem um pouco de dificuldade para dormir, então resolve apanhar o romance espírita juvenil, "Jovens demais para morrer", que está ao lado da cama.

E começa a leitura...

Incidente

Uma hora depois...

Nas proximidades de Moryn o veículo foi obrigado a diminuir a velocidade.

A pequena comitiva passava por rua estreita e de repente uma pedra foi atirada no vidro lateral, onde Sabine estava sentada.

O susto foi grande, e ela gritou.

Wolfgang berrou com o motorista, que parou o carro imediatamente.

Diante da situação inusitada, um dos batedores saltou da motocicleta e de arma na mão passou correndo ao lado do carro.

Wolfgang já de arma em punho disse para a filha:

– Fique quieta e espere!

Ele saiu do carro, mas não teve tempo de fechar a porta quando a voz do batedor se fez ouvir:

– Aqui está senhor, peguei-o escondido, foi ele quem atirou a pedra!

Wolfgang, destilando ódio no olhar, pegou com agressividade o colarinho do agasalho esfarrapado do jovem, que não devia ter mais do que a idade de Sabine.

O oficial da SS sacudiu o garoto afirmando:

–Você é judeu, não é seu miserável?

De olhos arregalados o adolescente não sabia o que dizer.

Tomado de fúria, Wolfgang deu um safanão violento no suposto agressor, com isso o paletó maltrapilho se rasgou. Nesse instante, ele viu por debaixo do esfarrapado agasalho a roupa listrada com a estrela amarela, característica dos odiosos prisioneiros judeus.

O oficial da SS empunhou a pistola para atirar quando Sabine segurou sua mão e implorou:

– Papai, não o mate...

Silêncio arrasador envolveu a todos.

Wolfgang ficou paralisado.

Nesse instante, os olhos de Sabine se encontraram nos olhos do jovem que tentava se recompor.

Emoção intensa tocou os dois corações juvenis.

Sabine sentiu seu corpo ser percorrido por intensa energia a se manifestar em forma de arrepio e a lhe percorrer os ombros e as costas.

Igualmente emocionado, o suposto agressor juvenil se deteve paralisado na bela imagem de Sabine.

Aquele rosto não lhe era desconhecido.

Após alguns minutos, o livro escapa de suas mãos e ela adormece. Pela manhã, desperta com algumas lembranças da experiência vivida na noite anterior. Durante o café, tenta montar o quebra-cabeça de imagens que surgem em sua mente, mas tem dificuldade de lembrar tudo que viveu.

MARY E SANDRA

Assim que retorna para a sala, Mary indaga ao pai:

– Papai, você já decidiu em qual escola eu vou estudar?

– Já decidi sim, minha filha.

– E qual vai ser?

– Na mesma escola.

Ela leva um choque e se surpreende com a fala do pai.

– Tem certeza, papai?

– Tenho.

– Mas você não está mais preocupado com a minha imagem?

– Claro que estou, mas a ideia do Anderson Alemão em te manter na mesma escola foi muito boa.

– Não acredito nisso! – a mãe afirma.

– Ora, por que não acredita em mim? Confesso que a ideia foi do namorado da Mary, eu apenas concordei.

– E você não tem medo de que ela fique exposta?

– Ela não vai ficar exposta! Sabe por quê?

– Queremos saber, papai. – Sandra que estava calada até aquele momento, pergunta.

– Não estou preocupado, porque o próprio namorado vai protegê-la. Eles estando juntos na escola e agindo de maneira natural, como se nada tivesse acontecido, é a melhor resposta a ser dada àqueles que clonaram o telefone e publicaram as imagens. Vida normal, minha gente, essa é a melhor resposta.

– E eu, papai, como fico, vou mudar de escola também?

– Você, dona Sandra, vai ficar na mesma escola, mas com uma condição.

Preocupada com as palavras do pai, ela indaga receosa:

– E qual é essa condição, papai?

– Você vai me prometer nunca mais brigar na escola...

– Prometo! – ela fala interrompendo o pai.

– Calma, tem mais uma condição...

Sandra gela com medo do que o pai vai pedir.

– O que é, papai?

– Você só vai continuar namorando esse tal de Leo se ele vier aqui falar comigo, assim como fez o Anderson Alemão. Entendeu?

– Entendi sim, papai. Pode deixar que vou falar com ele imediatamente.

– Então, está certo. Vou esperar a visita desse rapaz.

***

Na escola...

Alemão e Mary chegam de mãos dadas para assistir à aula. O burburinho corre solto, pois ninguém esperava uma situação dessas.

Leo e Marina fuzilam os dois namorados com o olhar.

O casal se junta na quadra com Sócrates, Jéssica, Nina e Otelo.

Do outro lado da quadra, Leo comenta:

– Não estou entendendo nada, o que será que aconteceu?

– Se você não sabe, imagina se eu vou saber.

Nesse momento, Sandra entra na quadra e caminha em direção a Leo.

–Vaza daqui, Marina, anda logo, e não me apronta mais nada.

Com muita raiva, ela se afasta sem olhar para trás.

Sandra abraça Leo e diz:

–Tenho uma novidade maravilhosa para te contar.

Sem entender, ele comenta:

– É mesmo..., então conta logo.

– Seguinte... – ela começa sorrindo. – Meu pai pediu para você ir à minha casa...

– E isso é uma boa notícia?

– Claro que é, poderemos namorar em casa, assim como a Mary e o Alemão.

– E eles estão namorando em casa?

– Estão sim, meu pai autorizou. O Alemão esteve em minha casa e conversou com meu pai. Foi aí que meu pai pediu para te dar o recado.

Leo surpreendeu-se com o pedido, pois não esperava que as coisas caminhassem para esse fim. Decidido a enrolar Sandra mais um pouco, falou sorrindo:

–Tudo bem, vamos combinar e eu irei.

O sinal para início das aulas toca e todos caminham para suas classes.

Na primeira aula, Sandra e Marina são chamadas à diretoria para uma conversa sobre a briga entre as duas.

Os pais são chamados à diretoria e após orientação e aconselhamento, ambas são suspensas por três dias.

***

Alemão intensifica os treinos e duas vezes por dia passa a tomar as vitaminas acompanhadas pelos comprimidos.

Por sua vez, Leo também se entrega totalmente aos treinos procurando a melhor forma de sua vida para a realização de seu sonho – representar o Brasil nos jogos olímpicos.

A seletiva se aproxima, e a ansiedade aumenta a cada dia.

SONHOS

Na casa do Alemão...

– Galera, essa noite eu tive um sonho muito estranho!

– Jéssica, quando é que você não tem um sonho estranho? – Nina comenta com sorriso.

– Conta pra gente como foi? – Otelo indaga curioso.

Alemão e Sócrates ficam na expectativa.

– Na verdade, eu não lembro de tudo que rolou, mas uma parte que não esqueço, e que toda hora volta à minha mente, foi quando um garoto da nossa idade me levou para um encontro de jovens no mundo espiritual...

– Uau! – Otelo interrompe. – E como foi isso, Jé? Tinha música rolando?

–Tinham muitos jovens presentes e o lugar parecia encantado, porque dava para sentir a maior paz. Uma coisa louca que eu nunca vivi antes. Me sentia flutuar, meu coração batia feliz. Os jovens cantavam emocionados.

– E o garoto, Jéssica, como ele era? Bonitão?

– Nina, nem prestei atenção nisso, a gente não tem olhos para essas coisas nesses momentos. O que eu sei é que ele me passava confiança e muita paz. Nada se parecia com nosso mundo...

– Como assim? – Sócrates pergunta.

– Eu falo das emoções. São intensas, mas ao mesmo tempo a gente se sente tão bem. Mas, o que mais me marcou mesmo foi que ele disse que estaria com a gente sempre.

– É o sexto A.N.J.O.S.! Tenho certeza! – Otelo fala entusiasmado.

–Você acha que ele é tipo, um protetor espiritual? – Sócrates questiona.

– Acho que sim, melhor dizendo, tenho certeza! – Jéssica afirma.

– Quem sabe um dia ele traz notícias do Andrézinho. Meu brother.

– É verdade, Alemão! É possível isso, Jéssica?

– É sim, Nina, pode acontecer, mas teve muito mais coisas, mas eu não me lembro de mais nada. O que eu sei é que todos nós temos amigos invisíveis que nos acompanham sempre.

– E como eles se ligam na gente, Jéssica? – Otelo pergunta.

– Pelos pensamentos e sentimentos, e também por nos conhecerem de outras vidas.

– Seguinte, pessoal, mesmo com proteção espiritual precisamos fazer a nossa parte, certo?

– Isso mesmo, Sócrates! – Jéssica afirma.

– Então, vamos seguir com o que foi combinado, certo A.N.J.O.S.? – O líder do grupo pergunta e todos concordam.

Dali todos partem para seus afazeres, e Otelo e Nina combinam as ações para seguir Leo, após a aula.

***

Marina e Leo se beijam na garagem da casa dele e mais uma vez ela pede:

–Você precisa terminar com a Sandra, é muito sofrimento para minha vida.

– Calma, espere mais um pouco, pois ainda não sei como fazer isso.

– Todos os seus planos falharam para detonar o Alemão. Por que você não esquece tudo isso?

Os dois não registram, mas ao lado deles os espíritos Ítalo e Bill tentam influenciar Leo, dizendo:

– Não desista de nada, faça de tudo para acabar com aquele garoto estúpido. – Ítalo afirma repetidas vezes.

Leo parece assimilar toda aquela influência negativa.

E Bill também faz a sua parte, falando:

– Vai afrouxar agora? Não desista de detonar aquele moleque!

Leo titubeia e sua mente continua a ser bombardeada:

– Se você não acabar com esse Alemão as coisas podem ficar ruins para você! – Ítalo persiste.

Do outro lado, falando diretamente ao ouvido de Leo, Bill provoca:

– Vai ficar aí parado? Ele ficou tirando onda da sua cara andando de mãos dadas com a Mary. Não percebeu?

Esses pensamentos começam a inflamar ódio na cabeça e no coração de Leo, que se deixa contaminar por aqueles dois invasores de mente.

– Preciso achar um jeito de acabar com ele de vez!

– Desista dessa ideia, Leo. Isso ainda vai destruir todos os seus sonhos e os meus também!

– Cala a boca, Marina, me deixa pensar. Preciso descobrir uma fórmula para tirar o Alemão da seletiva.

– Você pode vencê-lo no tatame, de maneira limpa, sem trapaças, por que não faz isso?

Sob a influência dos dois espíritos invasores de mente, os olhos de Leo adquirem um brilho estranho.

Marina se assusta quando Leo dá uma gargalhada assustadora e fala em voz bem alta:

– Eu sou o maior do judô. É apenas uma questão de dias para que isso fique provado.

Marina sente um arrepio percorrer seu corpo e fica em silêncio.

***

O telefone da casa de Alemão toca e ele atende:

– Alô! Treinador? Sim... Sou eu... – e o rosto dele se ilumina com enorme sorriso. – As seletivas finalmente... Está certo, treinador, pode deixar.

A mãe dele, que acompanha o diálogo, não consegue dominar a curiosidade, e assim que o filho desliga, ela indaga:

– O que foi, meu filho, o que aconteceu?

Alemão colocou o rosto entre as mãos e chorou sem conseguir controlar a emoção.

Com a voz embargada, respondeu:

– As seletivas, mãe... elas vão começar em quinze dias...

– Mas não seria daqui trinta dias?

– O Comitê Olímpico Brasileiro adiantou a seletiva. Finalmente, mãe, vou poder realizar meu sonho.

Ela se emociona e abraça o filho com muito carinho:

– Você merece, querido, se esforçou tanto para chegar até aqui, tenho certeza de que vai conseguir.

Mais uma vez ela o abraça e sente os músculos do filho, comentando:

– Anderson, você está tão forte!

REVELAÇÕES

Após a aula, Nina e Otelo pegam as *bikes*, colocam os capacetes e luvas e ficam na espreita para seguir Leo.

Minutos depois...

– Lá vem ele, Nina!

– Estou vendo, Otelo.

Eles silenciam e permanecem atrás das árvores da rua da escola.

Leo passa rapidamente em sua *bike* e eles partem, seguindo-o.

As ruas do bairro são cheias de subidas e descidas.

Os dois se assustam quando ouvem uma voz:

– E aí? Estão indo para onde?

Surpreendidos, eles param e desconcertados respondem com certo constrangimento:

– Oi, Marina... – Nina cumprimenta.

– Olá, Marina...

– Oi, Otelo, estão indo para onde?

– Para casa de uma tia que eu tenho nesse bairro. – Nina se apressa em responder.

– Legal...

– E você está indo para onde? – Otelo indaga.

– Vou ver uma amiga que também mora por aqui. Estou atrasada. Valeu, Nina! Até mais, Otelo!

Marina sobe em sua *bike* e parte rapidamente.

– Ufa! Essa foi por pouco, quase que ela percebe.

– É verdade, Otelo, ainda bem que não estávamos tão perto do Leo.

– Mas agora o perdemos de vista, Nina.

– Espera aí, o que a Marina está fazendo na mesma direção do Leo? Otelo, você está pensando a mesma coisa que eu?

– Estou sim, Nina! O que estamos esperando, vamos segui-la!

Os dois pedalam rapidamente atrás de Marina.

–Vamos com cuidado! – Otelo alerta.

– Lá está ela! – Nina aponta para o final da grande ladeira. – Cuidado, Otelo, se ficarmos sem freio nessa descida é ralo na certa!

A boca de Nina parece anunciar a profecia.

– Socorro!!! – foi o grito dele descendo ladeira abaixo.

Otelo vai no embalo, e a bicicleta sem freio para no muro de uma casa de esquina.

O tombo é feio, e ele fica todo ralado. Algumas pessoas correm para ajudar, mas ele é levantado todo estropiado.

– Ainda bem que você estava de capacete! – Nina comenta vendo a calça rasgada do amigo.

Como ele, no momento da queda, usava os equipamentos de segurança para andar de bicicleta, um mal maior foi evitado.

De pé ele confere o estrago:

– Parece que não foi nada mais grave além de alguns arranhões. E agora, Nina? Perdemos ela de vista.

–Você está bem, garoto?

A voz é de uma senhora que viu o acidente.

– Estou, sim senhora!

– Da próxima vez é melhor verificar os freios, não é?

– É, sim senhora!

– Então, cuide-se! Não quer um copo de água?

– Não senhora!

– Então, está certo.

Otelo vira-se de costas para a senhora e ela comenta:

– Acho melhor você vir à minha casa para que eu dê uns pontinhos em sua calça.

Nina olha e não resiste, caindo na gargalhada.

– O que foi, Nina?

– Acho melhor aceitar a ajuda dela, que está sendo muito gentil, pois sua calça atrás está um buraco só.

Otelo passa a mão atrás e só pode sentir sua cueca, porque sua calça está toda aberta.

Sem graça, ele tenta disfarçar.

– Venham comigo! Eu moro logo ali! – ela aponta uma casa a alguns metros à frente.

Chegando lá, eles entram e ficam na sala tomando um suco, enquanto a gentil senhora costura os fundilhos da calça de Otelo.

A sala tem uma grande janela que dá para a rua.

Alguns minutos se passam, e Nina chama a atenção do amigo:

– Olha lá, Otelo!

Otelo que está com uma toalha de banho amarrada na cintura se levanta do sofá e se surpreende.

No portão da casa da frente, Leo e Marina se beijam apaixonadamente.

– Pegue o celular, Otelo!

– Não posso, ele ficou no bolso da calça, pegue o seu!

Nina procura na mochila e finalmente acha o celular.

Então, ela bate as fotos.

–Tira com zoom, Nina!

– Estou tirando... Mais do que isso não consigo!

– Por essa eu não esperava...

–Verdade, Otelo... Quem podia imaginar um lance desses entre os dois?

Nesse momento, a senhora entra com a calça de Otelo na mão:

– Pronto, menino!

– Obrigado, senhora!

– Posso ir ao banheiro vestir a calça?

– Ainda não. – ela responde. – Primeiro vamos colocar esse remedinho nos arranhões.

– Mas vai arder? – Otelo pergunta apavorado.

– Que isso, Otelo? Está amarelando? – Nina pergunta rindo.

– Não é isso! É que remédios para arranhões ardem muito.

– Senta, menino, deixa que eu cuido de você. A senhora com todo cuidado de uma mãe espalha o remédio sobre os arranhões e Otelo geme:

– Ui... Ai... Ui...Tá ardendo!

– Eu sopro... Eu sopro... – diz a senhora.

Nina não consegue conter o riso e sem que Otelo perceba, bate algumas fotos da situação.

– Agora pode colocar sua calça!

– Obrigado, senhora! Qual é mesmo o seu nome?

– Da próxima vez tomem mais cuidado, e quando quiserem aparecer, estou por aqui! É Alzira... meu nome é Alzira.

Eles se despedem no portão e partem.

– Que senhora linda essa dona Alzira, não é, Otelo?

– É sim, muito linda ela!

Otelo pedala e de vez em quando solta um:

– Ai... Ui...Tá ardendo.

INVASORES DE MENTE

Jéssica adormece e novamente o desdobramento acontece. Ela se vê dormindo e ao mesmo tempo ao lado do corpo.

– Oi, Jéssica! – A voz já conhecida se faz ouvir.

– Oi, Ângelo!

–Vamos fazer nova viagem essa noite.

– Para onde iremos dessa vez?

– Dessa vez a viagem vai ser um pouco mais complicada, mas não precisa ter medo de nada.

– E por que eu deveria ter medo?

–Vamos conhecer os invasores de mentes!

– O que você me diz é bem assustador. Como é que alguém consegue invadir a mente de outra pessoa?

–Te explico: vamos viajar!

Ângelo segura na mão de Jéssica e os dois partem, e ela se sente flutuando.

– Estou flutuando, Ângelo?

– Sim, de certa forma. Estamos volitando. Vou mostrar a você como alguns espíritos envolvem os jovens em suas ideias. Boas ou más!

Eles se aproximam de uma casa, já bem tarde da noite. Segurando na mão de Ângelo, Jéssica atravessa paredes com ele e se surpreende com tudo aquilo. Eles chegam em um aposento onde Leo e Marina conversam:

– Meu treinador me telefonou avisando que a seletiva do judô vai começar em quinze dias.

– Nossa! Está bem perto.

– Sim, Marina, está bem perto do dia mais importante da minha vida. Não posso correr riscos de forma alguma. Preciso eliminar a concorrência.

Jéssica observa que ao lado deles estão dois jovens bem interessados na conversa.

– Não se preocupe, Jéssica, eles não estão nos vendo, fique tranquila! – avisa Ângelo. – Observe agora:

– Bill, como vamos ajudar o Leo a eliminar os concorrentes?

– É fácil, Ítalo, ele tem de seguir nosso conselho. Vamos influenciá-lo!

Jéssica e Ângelo observam tudo.

Bill aproxima-se de Leo e o abraça dizendo:

– Coloque medicamentos na bebida isotônica dos concorrentes!

A sugestão de Bill entra nos pensamentos de Leo como se a ideia fosse dele, que diz:

– Tenho uma ideia, Marina! Já sei o que fazer!

Bill e Ítalo sorriem do comportamento de Leo.

– Como é fácil invadir a mente desse moleque! – Bill comemora.

– Como isso é possível de acontecer, Ângelo?

– Jéssica, milhões de jovens no mundo não sabem que isso acontece, que espíritos ignorantes invadem suas mentes com sugestões que eles aceitam, acreditando que são ideias próprias. Isso também se chama obsessão.

– Como assim, obsessão? Por que isso pode acontecer? Somos marionetes?

– Claro que não somos marionetes, Jéssica! As invasões só acontecem quando os jovens encarnados têm os mesmos desejos e sentimentos dos espíritos desencarnados.

– Que loucura isso!

– Se o Leo não quisesse tanto prejudicar o Alemão, isso não aconteceria. E a dupla Bill e Ítalo não teria condições de se aproximar da mente do Leo. A invasão só acontece porque nós abrimos a porta.

– E ao contrário, a invasão acontece também?

– Para o bem e as boas ideias, a porta também se abre. Por isso, é comum para as pessoas de bons sentimentos sentirem as boas intuições sugeridas por espíritos amigos.

– Isso tudo é muito sério, Ângelo!

– É verdade, Jéssica!

– Imagino a quantidade de jovens que são levados para os vícios e também para outras coisas ruins.

– Infelizmente, é verdade sim, mas o contrário também é verdade. Se liga, Jéssica, o mal só existe no mundo porque está no coração das pessoas.

– Por que eles querem prejudicar o Alemão desse jeito? De onde vem esse ódio todo?

– Isso nós ainda vamos descobrir, mas não se esqueça de que o Alemão só será prejudicado se alimentar algum mau sentimento dentro dele. É assim que as coisas funcionam.

– O que posso fazer para ajudar?

– Na verdade, não pode fazer muita coisa, pois tudo depende dele.

– Por que você está me mostrando tudo isso?

– Porque você, na condição de médium, pode ajudar a esclarecer outros jovens através da sua mediunidade, entendeu?

Jéssica silencia e medita na gravidade dessa realidade, que poucos jovens do mundo conhecem. Ângelo, parecendo ouvir seus pensamentos, esclarece:

– Jéssica, todos nós somos responsáveis pelo que nos acontece. Quando pensamos, atraímos para o nosso lado as companhias espirituais.

– Entendi.

–Vamos esperar mais um pouco, pois quero que veja uma coisa.

Leo se despede de Marina e vai para casa, Bill segue atrás dele, e Ítalo fica na casa de Marina.

Assim que Marina adormece, ela também sai do corpo e começa a conversar com Ítalo, que lhe diz:

– Ajude o Leo a prejudicar o Alemão... Você deve fazer a sua parte!

– Entendi, Ítalo!

–Você deve obedecer às nossas ordens, ou vai pagar caro por isso.

– Por que ela o obedece desse jeito, Ângelo?

– Marina é uma pessoa interesseira e manipulável. Bill e Ítalo perceberam isso e a dominam sem dificuldades.

– Mas não existem bons espíritos para protegê-la?

– Claro que sim, mas ela tem de querer a proteção. Os interesses dela são outros. Ela só pensa no Leo como se ele fosse propriedade dela. Como te disse anteriormente, somos nós que escolhemos nossas companhias espirituais. A essa hora, o Leo já adormeceu e o Bill está tendo a mesma conversa com ele, pedindo para prejudicar o Alemão.

– Nossa! Que sinistro tudo isso!

– É verdade, Jéssica! Mas quando nos conectamos com o bem, nossa mente só tem portas abertas para o bem.

– Aprendi muito sobre os invasores de mentes.

– Eles podem ser chamados também de espíritos obsessores, Jéssica.

– Uau! Que coisa louca tudo que aprendi hoje.

– Quando você acordar, vai guardar algumas lembranças do nosso encontro.

Ângelo segura na mão dela e eles volitam para o quarto de Jéssica.

INIMIGOS INVISÍVEIS

No Colégio Monteiro Lobato, na hora do intervalo...

–Vejam com seus próprios olhos! – Nina mostra as fotos no celular.

– Acho que tudo se confirma agora. A briga entre a Marina e a Sandra, tudo fica claro. – Sócrates comenta.

– Ele está usando a Sandra para me prejudicar. Queria dar uma lição nele.

– Nem entra nessa, Alemão! – Jéssica adverte.

– A Jéssica tem razão, Alemão! Não perca seu tempo indo à forra. – Otelo aconselha.

– Se você procurar o caminho do mal, vai se perder nele. – Nina afirma.

– Está certo, galera.Vou evitar o revide, mas como iremos resolver isso tudo?

– Alemão, você precisa apenas se concentrar na seletiva e mais nada!

– Entendi, Otelo! E vocês, vão fazer o quê?

– Deixa com a gente! Iremos fazer tudo com muito cuidado para não te prejudicar. – Sócrates adverte.

–Vamos mudar de assunto, que a Mary vem chegando. – Nina pede com discrição.

– Aê, galera! – Ela beija Alemão com carinho.

– Sabem da última?

– Não, Mary, conta para gente! – Otelo pede curioso.

– O Leo disse à Sandra que vai lá em casa falar com meu pai.

Todos se entreolham com ar de preocupação.

– Ele vai conversar com seu pai para namorar sua irmã?

– Isso mesmo, Nina.

– Mary, queremos ajudar sua irmã, mas precisamos contar com sua colaboração. – Sócrates fala com tom grave na voz.

– Assim vocês me assustam, o que houve?

– Confie nele e fique tranquila! – Alemão pede a ela.

–Tudo bem, vou confiar, mas o que está rolando?

– Pessoal, façam um círculo para que os outros não percebam que vou mostrar o vídeo a ela. – Sócrates pede.

A galera se fecha.

Surpresa, Mary comenta:

– Nossa, quando a Sandra vir esse vídeo ela vai brigar novamente com a Marina. Estou com pena da minha irmã.

– Como podemos fazer para mostrar esse vídeo a ela? – Nina pergunta.

– Agora fiquei muito preocupada, nem sei o que dizer!

– Precisamos tomar uma atitude, Mary. – Otelo emenda.

Nesse momento, o ambiente da escola se agita, porque alguns policiais chegam e se dirigem para a sala do diretor. Os comentários dão conta de que é por causa da investigação da clonagem do telefone do Alemão.

– Mary... – Sócrates volta à carga. – Precisamos ajudar a Sandra, mas sem que ela parta para a briga direta.

–Vamos aguardar mais um pouco. – ela pede receosa.

–Tudo bem, mas tem de ser antes que ele vá falar com seu pai. – Otelo avisa.

– Sim, é claro! Esse Leo é muito cara de pau... ir à minha casa pedir para namorar minha irmã, e estar junto com a Marina.

O sinal de final de intervalo toca e todos retornam para a sala de aula.

Caminhando pelo corredor, de mãos dadas com Sócrates, Jéssica fala para ele:

–Tive um novo sonho essa noite e tenho algumas vagas lembranças.

– É melhor contar para todo o grupo após a aula.

–Tem razão, faremos isso assim que estivermos só os cinco A.N.J.O.S..

***

Após a aula...

– Fui levada para um encontro, mas não me recordo onde e nem com quem era esse encontro, mas o que ficou gravado em minha mente e não me esqueço é que descobri que temos inimigos invisíveis, que estão tramando algo para nos prejudicar.

– Jéssica, tem coisas que são mais complicadas da gente acreditar. – Otelo diz desconfiado.

– Eu sei que é difícil acreditar, Otelo, mas confie em mim.

– Como foi isso, Jéssica, o sexto A.N.J.O.S. apareceu novamente? – Nina indaga.

– Sim, ele apareceu e me mostrou essas coisas. Que pena não lembrar de tudo que sonhei. Mas nós somos vigiados e os "invasores de mentes"...

– Invasores de mentes? – Otelo indaga.

– Sim, isso mesmo! Invasores de mentes, ou espíritos obsessores.

– Como é isso, Jéssica?

– Eles invadem nossas mentes de acordo com a sintonia de pensamentos e sentimentos que alimentamos. Se eles se identificarem com nossos maus pensamentos ou sentimentos vão penetrando nossas mentes por afinidade, mas de maneira muito sútil. Entenderam?

– Parece uma história fantástica, mas se você está dizendo, vou acreditar. – Nina afirma.

– Sei que algumas situações são difíceis para vocês compreenderem, mas é a mais pura realidade. Muitos jovens vivem pelo mundo com suas mentes invadidas por espíritos que se identificam com eles pelo que pensam e pelo que sentem. Então, crimes, suicídios e muitas outras coisas acontecem por influência dessa galera invisível. Mas por outro lado, existem milhões de bons amigos invisíveis que procuram nos inspirar bons pensamentos e sentimentos. Funciona assim: atraímos para o nosso lado tudo que se afina com nosso coração e mente.

– Isso é uma loucura! – Otelo diz.

– Eu acredito nela! – Nina apoia.

– Eu já ouvi falar dessas mentes invisíveis e acredito em tudo isso. – Alemão concorda.

– Precisamos estar atentos com os pensamentos que alimentamos e com os sentimentos que cultivamos. Certo, galera?

– Tudo bem, Sócrates, mas é bem difícil controlar tudo isso.

– Eu sei, Otelo, mas estamos aprendendo a lidar com coisas reais, que há muito tempo o homem nega existir, mas que tem poderosa influência em sua vida. A Jéssica, com sua mediunidade, cada vez mais nos ensina sobre essas coisas da vida espiritual. Saber que existe um amigo espiritual que procura nos inspirar bons caminhos é algo que nos traz confiança.

– A gente só precisa saber que as escolhas são sempre nossas, e elas é que vão determinar o que irá acontecer com a gente. – Jéssica comenta.

Alemão fica cabisbaixo e todos percebem.

– Está tudo bem, Alemão?

–Tudo certo, Otelo!

COBRANÇAS

– E aí, moleque!

Leo se vira, e desce da *bike*. Ele reconhece Peu.

– E aí, Peu, tudo certo?

–Você está me gozando, Leo?

– O que foi?

–Você está me devendo! Esqueceu?

– Opa, me desculpe, até sexta-feira eu levo a grana para vocês!

–Você está brincando com a gente, maluco? Quer arrumar pra sua cabeça?

– Eu juro, Peu! Sexta-feira levo a grana. – Leo olha para os lados para ter certeza de que ninguém presencia a cena.

– Fizemos a clonagem como você pediu. A montagem da segunda garota no celular do Alemão. Você pagou metade e ficou de levar a outra metade na semana seguinte. Isso já vai fazer uns vinte dias. Tá tirando onda com a cara da gente?

Leo fica sem ter o que dizer, e para surpresa dele mais dois garotos se aproximam de maneira ameaçadora.

– Vamos conversar ali na outra esquina! Aqui na porta da escola pega mal. – ele vai empurrando a *bike*.

Peu e seus dois comparsas não dizem nada e acompanham Leo silenciosamente até a esquina.

Quando percebe que está fora do alcance dos olhares curiosos de outros alunos, Leo ergue a voz:

– Moleque, quem te deu liberdade de vir até a escola para me cobrar?

Dizendo isso, ele aplica violento golpe em Peu e o empurra para cima dos outros dois jovens.

Imediatamente, Leo torce o braço de um, chegando a fraturar.

O terceiro é jogado ao chão e imobilizado com a técnica do jiu-jítsu.

Leo faz uma alavanca e provoca grave luxação no braço do terceiro oponente.

Os três ficam estirados no chão, e se limpando, ele diz:

– Não te devo mais nada, se me procurarem outra vez, eu quebro os dois braços de cada um de vocês!

Ele monta em sua *bike* e some na próxima esquina.

Caído no chão, Peu ameaça entre dentes:

– Tu vai me pagar, moleque!

***

Mais tarde na casa dele, a sós com Marina...

– Que história é essa de ir à casa da Sandra falar com o pai dela?

– Marina, eu estou de cabeça cheia e não quero falar sobre isso!

– Você vai falar sim, porque eu estou cansada de ser tratada como uma qualquer!

– Não perturbe, garota! Não tenho satisfação a te dar!

– Tem sim, você me deve isso!

Leo vai ficando cada vez mais nervoso, e milhões de pensamentos ruins atormentam sua mente.

Ao seu lado, Bill e Ítalo dizem repetidas vezes:

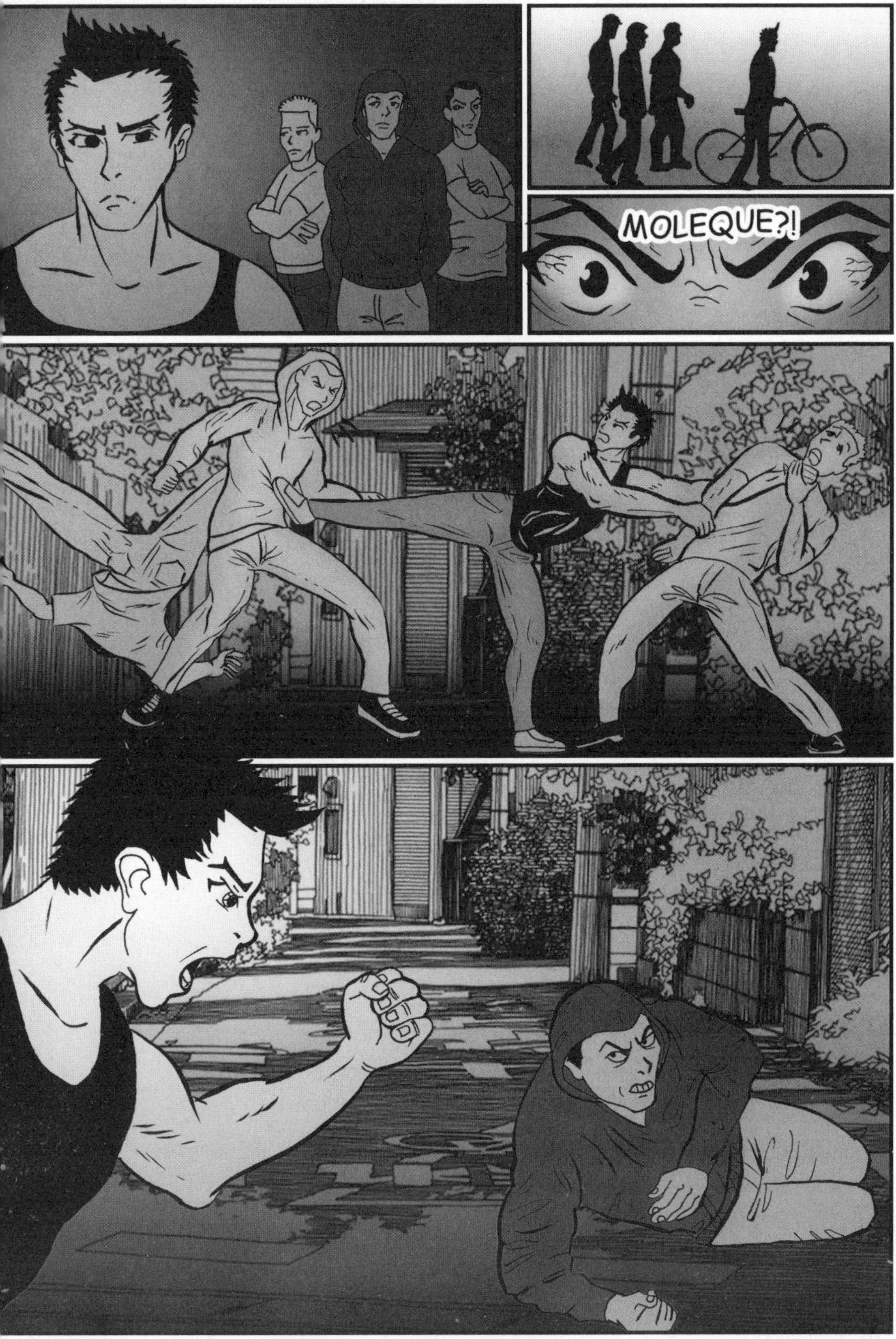
MOLEQUE?!

– Manda essa garota para fora da sua vida. Você pode ter quantas garotas quiser. Varre ela pra fora!

– Eu não aguento mais viver assim, sendo tratada como uma qualquer.

– Cala a boca, Marina!

– Depois de tudo que eu fiz por você!

– Chute essa menina pra longe da sua vida! – Ítalo fala com raiva.

Leo que está explodindo de raiva por causa da cobrança de Peu, grita ensandecido.

– Cala a boca antes que eu te mate!

Marina desaba em lágrimas e diz soluçando:

–Você vai me matar junto com seu filho, que está crescendo dentro de mim?

– O que? Tá maluca?

– Maluca eu fiquei quando me apaixonei por você, seu grosso!

Atormentado, Leo a empurra com força...

Marina cai ao chão desmaiada.

Ele vê Marina no chão e se desespera:

– Será que eu matei ela?

Nesse momento o telefone toca.

Ele não atende, mas o toque segue insistentemente.

– Alô...

– Oi, amor...

– Agora não posso falar com você, Sandra!

– Mas por que, amor?

– Não posso explicar.

– Diz que me ama, diz...

Leo desliga o telefone e tenta reanimar Marina.

Aos poucos, ela recobra os sentidos e desperta.

– Me perdoe!

Marina chora.

– O que vou fazer da minha vida agora que estou grávida?

–Vamos dar um jeito de tirar essa criança. Eu te ajudo.

– Mas isso é crime, não vou fazer isso!

–Vai sim, eu não vou ser pai...

–Você já é pai, e ninguém vai tirar essa criança de dentro de mim.

Bill e Ítalo tentam influenciar Leo de todas as formas.

– Deixa essa garota pra lá! – Bill incentiva.

– Então, você não me deixa outra alternativa! Está tudo acabado entre nós! Fora daqui!

– Eu não acredito que você vai me abandonar grávida!

– Eu nego tudo, não sou o pai dessa criança, fora daqui!

Trêmula e sem saber o que fazer, Marina sai desnorteada.

***

–Vamos jantar, meninas?

A mãe chama Mary e Sandra para a mesa onde o Sr. Lino aguarda.

– O que temos hoje para o jantar?

– Macarronada, querido...

– Hummm, delícia! – Sr. Lino afirma, esfregando as mãos.

No instante em que todos estão servidos, a campainha da casa toca.

– Quem será a essa hora? – Mary indaga.

– Isso não é possível! – Sr. Lino reclama.

– Pode deixar que vou atender! – Sandra pede.

Assim que ela chega à porta, leva um susto.

–Você aqui?

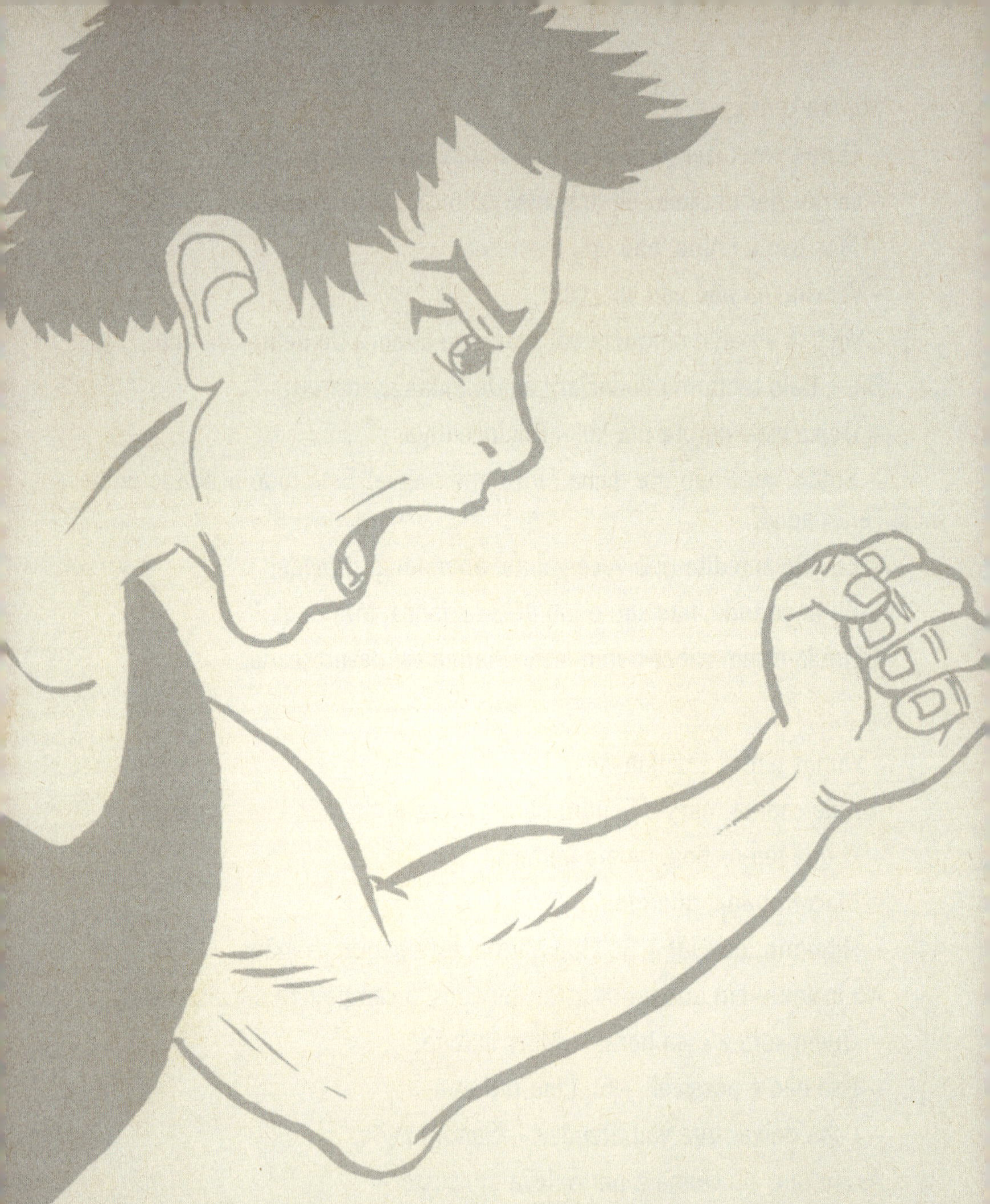

PEDIDO DE AJUDA

–Você é maluca? Sua...

– Por favor, Sandra, me deixa falar com você...

– Falta vergonha na sua cara?

Marina começa a chorar, e Sandra percebe que algo mais grave está acontecendo.

Pela demora da irmã, Mary vai até a porta para saber o que está acontecendo.

Ao se deparar com a presença de Marina, fica sem saber o que dizer.

– Ela quer conversar comigo. – Sandra fala, olhando para Mary. – Dá para acreditar nisso?

– Meninas, por que a demora em voltar para a mesa?

– Mamãe, essa é a Marina, com quem a Sandra brigou na escola. – Mary informa.

– Mas ela está chorando... Entre, minha filha!

Mesmo sob os protestos de Sandra, Marina é conduzida ao interior da casa.

Sr. Lino não entende nada do que se passa.

Mary pega água para Marina e todos esperam que ela se acalme para conversar.

Em breves minutos, entre soluços, Marina fala:

– Eu não sabia para onde ir, muito menos o que fazer, estava andando pelas ruas e me pareceu ouvir uma voz. E essa voz me dizia que para a gravidade das coisas que aconteceram, eu deveria começar por pedir desculpas e contar a verdade. Relutei muito para chegar até aqui, mas a voz insistia mais e mais. Então, me convenci e tomei coragem.

Nenhum dos presentes registra, mas Ângelo está ao lado de Marina, dando forças a ela para dizer a verdade.

E ainda uma vez mais, ele diz ao ouvido dela:

– Marina, não tenha medo, fale a verdade, é muito melhor do que ter uma vida de mentiras!

Ela recobra o equilíbrio e começa:

– Quero pedir desculpas a você, Sandra, mas eu também fui enganada pelo Leo. Ele enganou nós duas, mas apenas eu sabia que isso acontecia e permitia conscientemente.

–Você está maluca, garota? – Sandra tentou contestar.

– Ela está falando a verdade, mana! – Mary intervém.

– Como é que você pode ter certeza? – Sandra indaga inconformada.

– Eu te mostro agora!

E pegando o celular, Mary mostra a cena dos beijos entre Leo e Marina. Sandra assiste incrédula às imagens.

Grossas lágrimas brotam de seus olhos e correm por seu rosto.

– Me perdoe, Sandra, mas eu não imaginava o mal que fazia a você.

Sandra fica em silêncio por mais alguns minutos.

Sr. Lino cobre a travessa de macarrão e diz:

– Filha, é melhor que tudo isso se esclareça para que um mal maior não aconteça.

– Eu estou grávida, Sandra!

Todos ficam lívidos e Marina prossegue:

– Hoje à tarde, eu disse a ele da gravidez. – Agora é Marina que começa a chorar. – Quando soube, ele me pediu para abortar, disse que o filho não é dele... – entre soluços, ela conclui – E me empurrou com força. Então, cai ao chão e desmaiei.

– Mas esse rapaz é um monstro! – Sr. Lino afirma revoltado.

Sandra chora de um lado e Marina de outro.

A mãe de Sandra toma a palavra e diz:

– Minha filha, essa jovem veio aqui te livrar de um grave problema. Poderia ser você a estar no lugar dela. Pense nisso! A decepção, por maior que seja, é o livramento de um mal maior.

– Sua mãe tem razão, Sandra...

– Está certo, papai!

Sandra olha para Marina e diz surpreendendo a todos:

– Venha, sente-se conosco para comer alguma coisa. E me perdoe também por ter agredido você.

–Você vai contar para seus pais? – A mãe de Sandra indaga.

– Sim, farei isso, espero que eles me ajudem.

–Tenho certeza de que eles não vão te faltar...

– Eu preciso contar as outras coisas...

–Tem mais? – Sr. Lino questiona.

– Sim, tem mais...

– Conte tudo, Marina, acho que você já percebeu que está com pessoas que te compreendem. – Mary aconselha.

Ela respira fundo e diz:

– O Leo tramou um plano para tirar o Alemão do circuito das seletivas. Ele conseguiu com a gangue do Peu, e pagou por isso, que o telefone do Alemão fosse clonado. A ideia dele era desmoralizar o Alemão com as fotos da Mary.

– Mas, como foi que ele conseguiu minhas fotos?

– Ele copiou do celular da Sandra num momento de distração dela...

– Ele foi desonesto demais... – Sandra comenta.

– Então... – ela prossegue. – Ele queria manipular a Sandra até a seletiva para que nada vazasse. Por isso, ele ficou enrolando ela e eu. Porque uma de nós duas certamente iria criar problemas para ele.

– E a foto da outra garota? – Mary indaga.

– Aquela foto foi uma montagem, ninguém conhece aquela garota. Foi armação do Peu.

– Nossa! Esse moleque é perigoso! – Sr. Lino afirma.

– Ele ainda me disse que viria aqui falar com meu pai.

– Era mentira dele, Sandra, desculpe te dizer isso. Ele é egoísta e só queria ganhar tempo.

– Mas, por que é tão importante para ele tirar o Alemão da disputa?

– Ele tem medo do Alemão, e como os dois são da mesma categoria, certamente vão se enfrentar na seletiva.

– O Alemão me disse que a disputa que o Leo ganhou dele foi por decisão dos juízes, e por sinal, muito contestada.

– Mas essa luta ainda pode acontecer, não pode? – Sr. Lino pergunta curioso.

– Essa luta deve acontecer com certeza. – Marina diz com convicção.

– Era isso que você tinha para contar? – a mãe das meninas indaga.

– Sim, era isso. – e baixando os olhos, ela diz: – Me perdoe, Sandra!

Ferida e magoada por erguer um castelo de sonhos, agora destruído pela maldade e interesse de Leo, Sandra fala:

– Eu não sei se choro, ou se dou gargalhadas. Preciso de um tempo para entender tudo isso, mas vou ficar bem.

– Eu tenho uma criança dentro de mim e não sei como será o meu futuro...

–Vai ficar tudo bem, meninas! – A mãe de Mary e Sandra aproximam-se de Marina, abraçando-a.

– O macarrão esfriou... – Sr. Lino comenta.

A SELETIVA

Os novos fatos repercutem na escola causando muitas dificuldades para Leo.

Alemão, ao saber de tudo, perde a concentração e alimenta dentro de si imenso desejo de vingança. Ele não cogita isso com os amigos, mas não vê a hora de estar cara a cara com Leo.

Não há tempo suficiente para os graves fatos levarem às penalidades, que certamente Leo receberia, por isso, ele pode manter sua inscrição para a disputa.

O dia "D", finalmente chega.

O ginásio de esportes está lotado. Familiares de todos os judocas estão presentes.

Marina está ao lado de Sandra, que por sua vez está acompanhada por toda a família.

A galera dos A.N.J.O.S. está presente para apoiar o Alemão.

As lutas se iniciam e se sucedem, uma a uma.

Alemão e Leo estão na mesma chave e têm de enfrentar um adversário cada um. Caso vençam seus confrontos, o embate entre eles acontecerá.

Bill e Ítalo, invisíveis aos olhos humanos, estão sentados na arquibancada para assistir ao confronto.

Leo é chamado ao tatame para a primeira luta. Ele recebe as orientações do treinador, a quem ouve com disciplina.

Entra no tatame junto com seu oponente e faz a reverência característica. O outro lutador, por sua vez, também se posiciona.

O juiz autoriza o início da luta e Leo, assim como seu adversário, tenta segurar no quimono. Por ter grande envergadura e força, ele estica o braço direito e consegue manter a distância do outro judoca. Eles giram de um lado para o outro, sem intensificar o combate. Ambos sofrem punição e ficam com um yuko para cada lado. Leo se aproveita da distração de seu oponente e o puxa com força aplicando-lhe um *ippon* perfeito. As costas do judoca adversário batem no tatame e Leo grita de alegria.

Alguns amigos dele e o treinador comemoram intensamente.

No meio das pessoas, Bill e Ítalo gritam.

Se as pessoas da arquibancada soubessem que entre elas dois espíritos comemoram a vitória de Leo, certamente não ficariam ali para assistir o resto da disputa.

Alemão e seu adversário são chamados. O mesmo ritual se repete e o juiz autoriza o início da luta.

Assim que os dois judocas se aproximam, o oponente segura no quimono de Alemão e o derruba, quase lhe impondo um *ippon*. Ele fica por cima de Alemão que se encolhe para se defender melhor.

A maior parte do primeiro *round* é de esquivas e tentativas frustradas de golpes que nunca encaixam.

O sexto *round* veio e as mesmas coisas acontecem.

Mary e Nina estão de mãos dadas.

Otelo rói as unhas de nervosismo.

Sócrates observa tudo com frieza.

Os pais de Mary sentam e levantam ao mesmo tempo num comportamento nervoso e agitado.

Ângelo ao lado deles, tudo acompanha com serenidade.

Todos estão com medo de que o combate seja decidido pelos juízes. Até que a força de Alemão é decisiva. Com a perna direita, ele consegue derrubar o outro judoca e lhe impõe uma imobilização.

Todos gritam e pulam de alegria.

Alemão comemora e, em meio às alegrias, seu olhar se cruza com os olhos de Leo, que brilham de ódio.

Alemão só pensa na vingança, e isso o desconcentra.

***

Duas horas depois, eles são chamados para o combate.

Agora é tudo ou nada, pois a luta vale a tão sonhada vaga para representar o Brasil nas Olimpíadas.

Eles recebem as derradeiras instruções de seus técnicos.

São convocados para o tatame.

– Estou preocupado com ele. – Sócrates fala aos amigos.

– Nem sei o que dizer! – Otelo comenta.

O ambiente fica envolto em muita expectativa.

Todos os presentes tomam conhecimento dos fatos lamentáveis que envolvem os dois judocas.

Alemão, nervosamente ajusta a faixa preta na cintura.

Leo faz movimentos com a cabeça e os ombros, desejando o máximo de concentração.

O juiz caminha para o centro do tatame.

Eles se aproximam e fazem a saudação baixando a cabeça um para o outro.

O juiz autoriza e a luta começa.

Eles tentam pegar um no quimono do outro, mas nenhum dos dois obtém sucesso.

O juiz paralisa e chama a atenção dos dois para a falta de combate.

Leo tenta entrar na guarda de Alemão, mas este bate em sua mão que não consegue se fixar no quimono. De repente, Leo puxa Alemão pelo quimono e com a perna esquerda o derruba no tatame. Com agilidade, Alemão cai, mas rola erguendo-se rapidamente.

– Meu Deus, essa foi por pouco! – Nina comenta levando as mãos à cabeça.

Mary rói as unhas nervosamente.

Sr. Lino fica de costas para a luta.

Sandra e Marina estão abraçadas.

Terminam os primeiros três minutos da disputa.

A ansiedade toma conta de todos.

Alemão procura focar na luta, deixando de lado a raiva que sentia. Ele sabia que se continuasse a disputa como se fosse uma briga pessoal, como lutador de rua, não teria chance de vencer. Num esforço enorme, fixa-se mentalmente nas técnicas exaustivamente ensaiadas. Em frações de segundo, relembra as orientações valiosas do seu técnico.

Os judocas começam o segundo *round* da luta.

Leo vem decidido a vencer. Com força impressionante, aplica um golpe em Alemão que chega a gritar de dor, e todos pensam que ele tem o braço quebrado, tamanha a torção evidenciada.

O segundo *round* termina, para sorte de Alemão que segurando o braço esquerdo procura se recompor.

Leo, observando as condições de Alemão, já antevê a própria vitória.

Na arquibancada, todos estão apreensivos e percebem que o sonho de Alemão está chegando ao fim.

O juiz, sentindo a dificuldade dele, pergunta se ele quer continuar.

Para surpresa de todos, ele assegura que sim.

– Meu Deus, nem quero ver, ele vai ser massacrado! – Otelo comenta.

– Não sei o que ele está pretendendo – Sócrates fala.

– Não vejo condições para seguir adiante. – Jéssica lamenta.

– Nosso amigo está mal. – Nina afirma entristecida.

O juiz autoriza o *round* final e Leo parte ferozmente para cima de Alemão. Ele segura no quimono do oponente e inicia o giro do corpo para aplicar o *ippon* em Alemão, mas nesse momento ninguém sabe de onde o enfraquecido Alemão encontra forças. Ele dá um grito que mais parece um urro e joga toda força do corpo em sentido contrário ao de Leo, e num giro espetacular usa o próprio peso para derrubar o adversário. Leo cai de costas e um *ippon* perfeito é aplicado por Alemão, que ganha a luta.

Gritos são ouvidos, choros e risos se confundem.

Alemão fica estirado no chão, tamanha a força que aplicou para derrubar seu adversário.

A comemoração é geral e Leo, então, de pé, não se conforma e, olhando para Alemão, cospe no chão demonstrando nojo e raiva do judoca que venceu limpamente o combate.

Jéssica e Nina se abraçam, Mary e Sandra pulam de alegria.

Marina, chorando muito, aplaude a derrota de Leo.

Em meio a tantas manifestações e emoções, o juiz chama os dois judocas, e ergue o braço de Alemão declarando-o vencedor.

Alemão realiza o sonho olímpico, ele está classificado para as Olimpíadas.

Do ginásio, ele é levado para o centro médico onde o raio X constata grave luxação em seu braço esquerdo.

Nesse mesmo local, recolhem amostras de urina dos dois judocas para realização de exame antidoping.

Leo, junto com alguns amigos, sai rapidamente do local.

Em sua mente, o desejo de vingança ganhava cada vez mais força.

Junto com ele, Bill e Ítalo repetem sem parar:

– Isso não pode ficar assim, você tem de ir à forra.

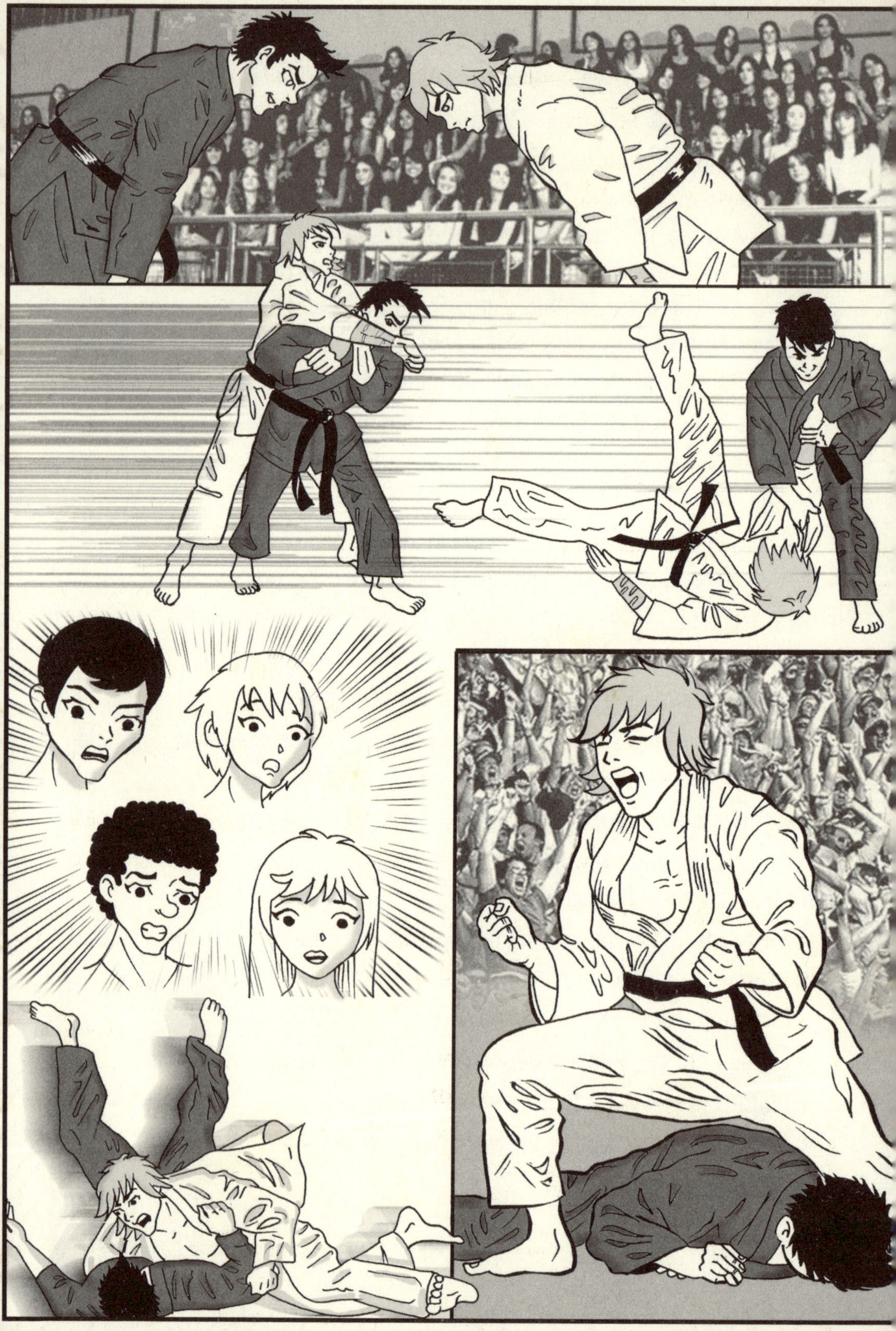

A VINGANÇA

Dias depois...

Leo segue atormentado pelo desejo de vingança.

Seus dias tornam-se complicados, pois ele não consegue pensar em mais nada, a não ser em impedir que Alemão possa disputar os jogos olímpicos em seu lugar.

Junto a esse sentimento existe a revolta e o rancor, por ver fracassadas todas as suas tentativas de prejudicar seu adversário.

Até o plano de contaminação das bebidas isotônicas não deu certo. Na hora "H", o garoto que iria fazer o serviço deu para trás.

Na escola, a expulsão é certa.

Após a derrota, Leo procura Marina, diz que a ama e que ficaria com ela, caso ela abortasse. Marina não aceita suas condições e fecha as portas para a retomada do relacionamento.

Atormentado, ele diz a si mesmo:

Agora as coisas não vão falhar, porque eu mesmo vou executar o serviço.

Aguarda o momento certo para dar fim à vida do seu rival.

– Mata ele! Se você não fizer isso, ele vai curtir com a sua cara o resto da vida! – é o que dizem Ítalo e Bill, repetidas vezes, por pensamento.

Decidido, ele passa a vigiar Alemão.

Procura ajuda de dois garotos, usuários de drogas, e prometendo pagar pela colaboração, contrata-os para fazer o trabalho junto com ele.

***

Alemão e Mary não se largam.

Os dois, juntos com a galera dos A.N.J.O.S., decidem ajudar Marina durante a gravidez.

A família de Marina, diante de tantas demonstrações de carinho por ela aceitam, sem resistência, a realidade da gestação.

Tudo corre bem, exceto com Leo.

Sócrates e outros garotos da escola tentam procurá-lo para demonstrar amizade e solidariedade, mas Leo se recusa a recebê-los.

Alguns especialistas em judô afirmam em órgãos de imprensa que a força muscular de Alemão foi o ponto forte para aquela vitória inesperada.

Rotineiramente, Alemão sai da casa de Mary por volta das 22 horas. Ele não imagina que sua rotina está sendo vigiada e devidamente cronometrada por uma sombra que se esquiva na noite.

Estudado todo percurso, o ponto para o ataque é escolhido. Será no local mais ermo do caminho que Alemão faz para sua casa. A iluminação é fraca, e poucas pessoas circulam por aquele trecho.

Bill e Ítalo esfregam as mãos de alegria.

Chega a noite decisiva, e Leo com seus dois parceiros aguardam a saída de Alemão da casa de Mary. De longe, eles observam os abraços e beijos entre o casal de namorados.

Ao lado deles, Bill e Ítalo se agitam pelo gosto que sentem na vingança de Leo.

Alemão sai de *bike*, e eles partem atrás.

Na rua escolhida, Leo chama:

– Alemão...

O membro do grupo A.N.J.O.S. ouve chamar seu nome e para.

A penumbra cria dificuldades para ele identificar quem é, mas ele descobre, porque Leo se aproxima.

– Então, parceiro, está feliz?

– Olá, Leo...

– Está feliz? – Leo repete a pergunta já alterando a voz.

– Se estou feliz? É claro que estou...

– Mas a sua felicidade não vai durar muito, ou melhor, ela acaba aqui.

– Atira... Atira... Atira! – Bill e Ítalo repetem insistentemente essas palavras para que elas se infiltrem na mente de Leo.

– Não faça isso!

Ao lado de Alemão, Ângelo se apresenta e repete:

– Fique calmo! Fique calmo! Não o provoque! Não o provoque...

Bill e Ítalo veem Ângelo e o xingam.

– Vaza daqui, seu religioso imbecil! Não queremos suas palavras de paz!

Os dois se irritam com a presença dele que os deixa nervosos.

– Por que vocês querem a morte dele? – Ângelo indaga com serenidade.

– Você não tem nada a ver com esse acerto de contas! Vaza daqui! – Bill esbraveja.

– Vocês não sabem que esse comportamento só agrava a situação? Acham que vão ser felizes fazendo aqui o que faziam na Terra?

– Ele é um dos garotos que faz parte daquele grupo que destruiu a organização do Corvo. E precisa pagar por isso! Assim como todos os outros vão nos pagar um dia! – Ítalo diz com ódio.

– Aquela organização representava os vampiros que sugam a força dos jovens pelas drogas. O Corvo era o chefe que destruía a vida de muitos jovens.

E vocês dois, certamente, faziam parte desse grupo criminoso que influencia os infratores aqui da nossa dimensão. – Ângelo fala desafiadoramente.

– Somos a organização aqui desse lado e estamos preparando a mente do Leo para que ele crie uma nova organização, até que o Corvo saia da cadeia!

– Isso não vai acontecer, Bill!

Repentinamente, uma voz se faz ouvir:

– Largue a arma, Leo...

Ele titubeia sem saber o que fazer.

Então, ele sente o cano do revólver em sua nuca.

– Eu estou acompanhando seus passos faz alguns dias. Quem deve, precisa pagar!

Leo reconhece a voz e balbucia nervoso:

– Peu... é você?

– Sou eu mesmo, e vocês... – ele disse apontando para o Alemão e os comparsas de Leo. –Vazem daqui agora!

Rapidamente, Alemão sobe em sua *bike* e foge dali.

Do lado espiritual a conversa segue:

– Deixem de lado essa vida, venham comigo, tenho amigos que vão gostar de recebê-los! – Ângelo pede.

– Não queremos esse papo de religião e não acreditamos nesse tal de Jesus... – Bill fala com desdém.

– É um momento especial para vocês, aproveitem! O que esperam ganhar com esse comportamento de invasores de mentes juvenis, tentando influenciar nossos jovens para o mal?

– Chega de conversa fiada! Vaza daqui, anjo falsificado!

Dizendo isso eles se juntam a Peu, e Ítalo fala ao ouvido do garoto.

– Acabe logo com isso! Se ele não foi competente nem para se vingar do outro, também não serve mais aos nossos interesses!

BANG!!!

No dia seguinte, a notícia entristece todos na escola.

Marina sente-se mal.

Alemão narra tudo em reunião dos A.N.J.O.S..

– Muito triste tudo isso. – Jéssica lamenta.

– Quando a gente se envolve com drogas e trapaças, mais dia, menos dia a casa cai. – Nina diz com melancolia.

– Eu não sei por que tudo isso. Essa raiva contra mim. – Alemão afirma.

– Algumas coisas fogem à nossa compreensão. – Otelo diz, coçando a cabeça.

–Tudo tem uma explicação! – Jéssica diz com a voz alterada.

Todos se surpreendem e viram para ela.

ÂNGELO, O SEXTO A.N.J.O.S.

– Galera! Precisamos entender que a vida acontece em duas dimensões. Por isso, tudo que fizermos aí desse lado tem consequências do lado de cá. Da mesma forma acontece por aqui. – Jéssica está com a voz diferente e com o semblante sereno e calmo. – Tudo que se faz aqui, repercute aí.

Todos ficam silenciosos e prestam atenção às palavras pronunciadas pelo sexto anjo, que continua:

– O Leo tinha companhias espirituais que se identificavam com ele, com tudo que pensava e sentia. Assim como vocês também têm. Todas as vezes que fazemos algo que não é legal, nossa consciência acusa, mas mesmo assim, alguns escolhem fazer. O Corvo, chefe daquela gangue, está preso, e a prisão dele teve consequência dos dois lados da vida. Aqui dessa dimensão, muitos espíritos não ficaram satisfeitos com o que vocês fizeram.

– Nossa! – Otelo exclama.

E Ângelo prossegue pela boca de Jéssica:

– Muitos querem que a gangue seja reunida novamente. O Corvo pode sair da prisão, fugir ou algo assim, portanto, vigiem seus pensamentos e cuidem de seus corações para que o mal não entre neles. Vamos tentar ajudar o Leo aqui desse lado, mas só quando chegar o tempo certo. O tempo do coração dele se abrir para o bem, pois ninguém está condenado a sofrer para sempre. Ainda virá nova dificuldade, mas lembrem-se de não condenar, nem julgar. Valeu!

Jéssica vai abrindo os olhos e retomando sua lucidez.

FRUSTRAÇÃO

A notícia vem do Comitê Olímpico Brasileiro: "Alemão foi pego no exame antidoping".

Uma bomba não produziria efeito mais devastador entre os A.N.J.O.S..

Mary não sabe o que dizer.

A tristeza é geral.

Como pode alguém correr tanto atrás de um sonho e jogá-lo fora assim?

É o que todos se indagam.

Sócrates, em nome de todo grupo, afirma que todos são solidários ao momento que Alemão vive.

Todos são atingidos, a família dele, os amigos, a namorada, o técnico...

Diante do grave acontecimento, Alemão pede uma reunião com todas as pessoas envolvidas, no auditório da escola.

A direção concorda, pois ele se tornara um ídolo entre os colegas.

No dia combinado, ele chega acompanhado por Mary, Sócrates, Nina, Jéssica e Otelo.

Um microfone foi colocado para o pronunciamento e ele começa a dizer:

– Quero, publicamente, pedir desculpas a todas as pessoas que me apoiaram, estou envergonhado. Usei substâncias proibidas para ganhar força muscular e vencer a seletiva para os jogos olímpicos. Não fazia ideia do mal que estava causando a mim e a todas as pessoas envolvidas. – faz uma pausa e prossegue:

– Desejo pedir desculpas especialmente ao Leo, onde ele estiver, peço que me perdoe.

– Durante esse tempo que me preparei para as disputas, pude ver que muitos jovens, como eu, têm seus sonhos e desejos, que estão sendo construídos em cima do uso de substâncias ilícitas. Eu cheguei a sentir o meu sonho entre os dedos... – ele começa a chorar, mas prossegue, soluçando. – Mas não fui capaz de segurá-lo em minhas mãos porque não fui honesto e honrado para que ele fosse meu de verdade. O suor dos treinos era falso, pois junto com as vitaminas eu ingeria comprimidos que fortaleciam os meus músculos e enfraqueciam minha alma. O melhor que posso fazer agora é dar esse testemunho para que outros jovens acordem e parem de usar anabolizantes e todo tipo de porcaria que cria ilusão e dependência.

A mãe de Alemão, juntamente com os pais de Mary, choram com o duro momento.

– Mais uma vez peço perdão. Já disse ao meu técnico para não pedir a contraprova do exame antidoping, porque sou culpado. Obrigado!

O clima é de profunda tristeza entre todos.

A vida do Alemão fica marcada por aquela escolha infeliz.

***

Seis meses depois...

– Pessoal, o tempo ajuda a gente a superar tudo.

– É verdade, Sócrates! – Otelo concorda.

– Todos somos aprendizes, e em algum momento vacilamos, por isso a amizade, a família, e também a religião, são instrumentos importantes para superar as dores que causamos.

–Tem razão, Jéssica! Senti isso na própria pele! – Alemão afirma.

– Então, vamos em frente, sem temer o mal, mas com força para vencer essas lutas. – Nina fala sorrindo.

– A.N.J.O.S., não podemos esquecer que somos um grupo de jovens que tem a missão de auxiliar outros jovens, mesmo que o problema esteja entre nós.

–Você está certo, Sócrates, nem todos os dias são azuis, de pura alegria, mas todos os dias são importantes, pois estamos aprendendo. Não estamos sozinhos jamais, em algum lugar existe um coração, mesmo que invisível, que está querendo o nosso bem. Já sabemos que não somos mais cinco, agora somos seis anjos, porque o Ângelo é o sexto anjo. Ele nos inspira e protege para que a juventude possa estar feliz e, cada vez mais, pertinho de Deus.

E todos colocam as mãos umas sobre as outras; nessa hora, Ângelo se aproxima e coloca a mão dele sobre a de todo o grupo e cinco vozes são ouvidas numa única voz. E na dimensão espiritual, Ângelo também diz:

A.A.N.J.O.S.

CÓDIGO SECRETO DOS A.N.J.O.S.:

1A, 2B, 3C, 4D, 5E, 6F, 7G, 8H, 9I, 10J, 11K, 12L, 13M, 14N, 15O, 16P, 17Q, 18R, 19S, 20T, 21U, 22V, 23X, 24W, 25Y, 26Z.

Leia o primeiro capítulo
do próximo livro da série...

A.N.J.O.S.

em

O mistério de Otelo

VIOLÊNCIA

Em razão das eleições e da necessidade de o Colégio Monteiro Lobato ser preparado para servir de local de votação, as aulas são suspensas. No entanto, a biblioteca permanece aberta aos estudantes que precisam realizar pesquisas.

E Otelo é um desses alunos que se encontra nas dependências da biblioteca.

Ele está preocupado, pois precisa entregar o trabalho de literatura e ainda não terminou.

Na opinião de Otelo, a prof. Angelita pegou pesado, pedindo uma pesquisa sobre Luís de Camões.

E quando a galera perguntou se era trabalho em grupo a decepção foi grande, pois cada aluno deveria apresentar o seu.

A vaia da galera foi geral, porque certamente esse tema seria mais fácil de ser trabalhado em grupo.

Otelo folheia o livro "Os Lusíadas" de Luís Vaz de Camões, com muito interesse.

Até que exclama em voz alta:

– Aleluia! Achei...

E correndo o dedo sobre o poema, lê um trecho do famoso livro:

Amor é fogo que arde sem se ver,

é ferida que dói, e não se sente;

é um contentamento descontente,

é dor que desatina sem doer.

É um não querer mais que bem querer;

é um andar solitário entre a gente;

é nunca contentar-se de contente;

é um cuidar que ganha em se perder.

É querer estar preso por vontade;

é servir a quem vence, o vencedor;

é ter com quem nos mata, lealdade.

Mas como causar pode seu favor

nos corações humanos amizade,

se tão contrário a si é o mesmo Amor?

– É isso! Vou preparar meu trabalho em cima desse texto.

Emocionado com tão belas palavras, Otelo relê o texto, e uma lágrima rola por seu rosto.

Ele abre seu caderno e copia o texto.

Otelo ama livros e prefere ir à biblioteca virar páginas e mais páginas, pois acredita que nada substitui um livro.

Assim que termina de escrever o texto, experimenta nova emoção e fala sozinho:

– Amor é fogo que arde sem se ver... O amor é estranho, porque confunde minha cabeça e coração.

Ferida que não cura, arde tão salgada pela amargura,

não se contenta com um único momento,
um amor é capaz de carregar em si toda dor do mundo,
se sofre por se querer, se morre por não se ter,
se basta em si, mas quer viver no outro,
sentimento se verdadeiro pode saciar o mundo,
nunca se perde, pois se ganha em se dar,
é livre quando se possui,
é escravo e senhor,
impregnado de fidelidade,
é amante e amigo,
verso e reverso da vida do homem.

Otelo vai escrevendo as coisas que diz e depois de alguns segundos suspira profundamente.

– Acho que está na hora de ir embora.

Ele junta suas coisas e vai até o bicicletário da escola pegar sua *bike*.

Ajusta o capacete e coloca as luvas, a seguir ajeita a mochila nas costas.

Empurra a bicicleta até o portão da escola e ao chegar do lado de fora sobe na *bike* e sai pedalando pela rua.

Distraído, nem percebe que quatro jovens se aproximam dele em suas *bikes*.

– Para aí, Otelo, queremos falar com você!

Otelo para a bicicleta, mas ainda fica sobre ela.

Ele não tem tempo de falar qualquer coisa, pois um soco direto em seu rosto o joga no chão.

Rapidamente, ele se dá conta de que os quatro jovens usam máscaras.

No chão, ele leva um chute que atinge sua cabeça.

Atordoado, Otelo se ergue e procura articular algum golpe de capoeira.

Tenta gingar para escapar de nova agressão, mas não consegue.

Como lobos sobre a presa, os quatro se atiram sobre ele, furiosos.

– Queremos você fora da nossa escola! – Gritava um.

– Gente da sua espécie não merece viver! – Afirmava outro.

– Negro e bicha! Vaza da nossa escola!

O sangue jorra da boca de Otelo, porque um dos golpes fere sua língua.

Num gesto de desespero, ele tenta saltar e ao mesmo instante ergue sua perna num golpe tradicional de capoeira que acerta a cabeça de um deles, que imediatamente cai.

Mas, infelizmente Otelo não consegue se safar e sofre covarde agressão que o deixa desmaiado no chão.

– Esse vai mudar de comportamento, não tolero gente assim! Precisamos limpar o mundo dessa escória e iremos começar pela nossa escola. Vamos embora!

Eles montam em suas bicicletas e partem rapidamente.

Algumas pessoas testemunham a cena covarde de longe, mas não têm coragem de intervir.

Otelo abre os olhos, mas mal consegue enxergar, pois os hematomas provocam grande inchaço em suas pálpebras.

Próximo à sua cabeça, caído ao chão, se encontra o celular.

Uma garota da escola que vinha passando por ali o reconhece e se aproxima aflita.

– Otelo... Meu Deus, o que é isso? O que fizeram com você?

Ele vê apenas um vulto, pois sua visão está turva.

– Sou eu, Otelo, a Bel! Não me reconhece? Quer que eu ligue para alguém?

Ela olha para os lados e fala desesperada:

– Alguém chame uma ambulância, por favor!

– Bel... – ele diz com sacrifício.

– Fale, Otelo, o que você quer?

– Pegue... meu celular! – ele balbucia. – E... digite os números... que... vou pedir... mande... por sms...

– E eu envio para qual número?

– Para... o primeiro nome... da lista...

– ANJOS? É isso?

– Isso...

– Fale...

– 1-14-10-15-19...

– E eu digo o quê?

– Nada...

– Nada, que estranho, mas se você está pedindo, vou enviar.

Bel envia a mensagem que é o código secreto do grupo A.N.J.O.S..

Em segundos, Sócrates liga:

– Atenda, Bel... E passe para mim...

– Otelo! – Sócrates fala preocupado. – Foi você que emitiu o código secreto, o que houve?

– Me pegaram... – É o que ele consegue dizer.

A ambulância chega com sua sirene em alto som.

No mesmo instante, Otelo desmaia novamente.

INFORMAÇÕES SOBRE OS PRÓXIMOS LANÇAMENTOS

Para receber informações sobre os lançamentos da
INTELÍTERA EDITORA,
basta cadastrar-se diretamente no site

www.intelitera.com.br

Para saber mais sobre nossos títulos e autores, bem como
enviar seus comentários sobre este livro, visite o nosso site

www.intelitera.com.br

ou mande e-mail para

atendimento@intelitera.com.br

Visite o blog da Intelítera Jovem

inteliterajovem.blogspot.com.br

Curta nossa fan page

facebook.com/inteliterajovem

Este livro foi impresso na
LIS GRÁFICA E EDITORA LTDA.
Rua Felício Antônio Alves, 370 – Bonsucesso
CEP 07175-450 – Guarulhos – SP
Fone: (11) 3382-0777 – Fax: (11) 3382-0778
lisgrafica@lisgrafica.com.br – www.lisgrafica.com.br